나는 나답게 너는 너답게

디지털 폭력 위협에 맞서다

다른매듭 출판사 블로그에는 출간된 책들의 독서 활동 자료가 있습니다.

나는 나답게 너는 너답게
디지털 폭력 위협에 맞서다

2024년 12월 30일 초판 1쇄 발행

글 | 이승민
그   림 | 주성희

편   집 | 오지숙
디 자 인 | 박정화
인쇄제책 | (주)공간코퍼레이션

펴 낸 이 | 신혜연
펴 낸 곳 | 다른매듭

출판등록 | 2020년 8월 1일(등록번호 제2020-000008호)
주   소 | 전남 순천시 오천2길 18-3, 101호 (57999)
전   화 | 010-7907-2081
팩   스 | 0504-054-2081
전자우편 | differentknot@naver.com
블 로 그 | blog.naver.com/differentknot

ISBN 979-11-92049-35-9 (73810)

*이 도서는 2024년 문화체육관광부의 '중소출판사 도약 부문 제작 지원' 사업의 지원을 받아 제작되었습니다.

어린이제품안전특별법에 의한 제품표시
제조자명 다른매듭 **제조국명** 대한민국 **사용연령** 만 8세 이상 어린이 제품

나는 나답게
너는 너답게

디지털 폭력 위협에 맞서다

이승민 글 주성희 그림

다른매듭

차례

흥, 내가 못 할 줄 알고!

학원가 중심에 있는 편의점은 오늘도 붐볐다. 나는 컵라면 1개, 핫바 2개, 그리고 바나나 우유를 집었다.

"미친 거 아냐. 거울을 볼 때마다 한숨을 푹푹 쉬면서 또 컵라면에 핫바야?"

내 안의 또 다른 그놈이 소리쳤다. 나는 핫바 하나를 내려 놓으려다 고개를 흔들었다. 아니야. 하루에 7시간을 넘게 공부하는데 이 정도는 먹어 줘야 해. 계산을 마친 컵라면에 뜨거운 물을 붓고 전자레인지에 핫바를 돌렸다. 학원가 편의점답게 매장 안에는 빈 테이블이 없었다. 난 결국 밖에 있는 테이블에 자리를 잡았다.

컵라면 뚜껑을 여는 순간 엄마한테 톡이 왔다.

> 너 또 컵라면 먹지?

역시 우리 엄마야. 나는 김이 모락모락 올라오는 면발을 들어 후루룩 면 치기를 하고 톡을 보냈다.

아닌데 <

> 오늘 좀 늦을 거야. 카레 해 놨으니까 저녁에 먹어

ㅇㅋ <

핫바를 한입 먹으려 하는데 현우에게 톡이 왔다.

> 야. 호빵.

호빵이라고 부르지 말라니까! <

> 너, 어제 맛나 식당에 갔었지? 난리 났어. 빨리 봐 봐.

뭐야……. 어떻게 안 거야. 현우가 보낸 링크를 바로 열어 보았다. 유명한 먹방 유튜버 '뒤저스'의 동영상이었다.
'엥?'

고기가 이렇게 무섭습니다!(feat. 먹방 신동)

 뒤저스 먹방

조회수 1.1만 👍5.2천

> 💬 댓글 추가

🧑 **이쑤신장군** 뱃살 귀엽규.

🧑 **감탄바지** 바지가 접혔규.

🧑 **달려야하니** 고무줄 바지인데 접히는 거 실화임?

🧑 **용가리** 정말 먹방 신동일세.

🧑 **허기준** 겨땀 인중땀 폭발~

🧑 **뱃살공주** 이런 댓글들 너무해.

🧑 **병노** 뭐래?

🧑 **갱갱갱** 스웩 초딩.

섬네일이 내 얼굴이었다. 흰자위를 보이며 고기를 먹는 모습에 '먹방 신동 탄생!'이라는 자막이 적혀 있었다. 조회수가 폭발했고 댓글들이 난리가 났다. '좋아요'도 마찬가지였다.

댓글을 다 읽지 못했다. 읽으면 읽을수록 가슴이 크게 뛰고 얼굴이 뜨거워졌다. 나는 마음을 진정시키려 남은 핫바를 입속으로 욱여넣었다. 그러면서 어제의 일을 떠올려 보았다.

모처럼 아빠가 일찍 퇴근해서 우리 가족은 맛나 식당에 갔다. 아빠는 여느 때와 같이 우선 고기 5인분을 시켰다. 잠시 후 주문한 음식이 나왔고 나는 '고기느님'이 놓여 있는 접시를 양손으로 정중히 받았다. 가격에 비해 다소 소박한 양에 실망하고 있는데 누군가 핸드폰을 높이 쳐들고 우리 가족 옆자리에 앉았다.

"아, 그때부터였네."

난 핫바 꼬치를 꽉 쥔 채 손을 부르르 떨었다.

때때로 반 애들이 내 외모를 지적해도 난 타격감이 제로였다. 몸집과는 달리 행동이 날렵하고 아무리 곤란한 말을 들어도 웃으며 빠르게 받아치는 센스가 있다. 하지만 이번엔 다르다. 말을 받아칠 새도 없이 나를 비웃는 말들이 계속해서 올라오고 있었다.

"왜 그래? 무슨 일이야?"

당황해하는 나를 보고 편의점으로 들어가려던 학원 선생님
이 물었다.

"네? 아, 아무것도 아니에요."

나는 젖은 솜보다 더 무거운 몸을 일으켜 학원 승합차에 올
랐다. 선생님이 내 뒤통수에 대고 "바나나 우유 안 가져가니?"
라고 외쳤다. 아, 내 바나나 우유.

집에 도착하자마자 뭔가를 더 먹을까 하다가 그만뒀다. 내
게는 좀체 없는 선택이었다. 일단 옷을 갈아입고 침대에 누웠
다. 마음이 더 심란했다. 평소와 달리 자꾸만 불안함이며 여러
부정적인 감정들이 밀려오기 시작했다. 얼마나 많은 사람이
봤을까. 댓글은 더 늘어났겠지. 엄마 아빠도 그 동영상을 봤을
까? 안 돼! 나는 벌떡 일어나 영상에 댓글을 남겼다.

> 🍊**정의 호빵** 형이 올린 동영상 때문에 악플들이 달렸어요. 맛나
> 식당에서 찍은 동영상을 내려 주세요.

얼마 후, 내 댓글에 답글들이 달렸다.

> 🧑 **소중한 나** 오 본인 등판.
>
> 🧑 **내 머리가 나빠서** 안 돼요. 내리지 마세요.
>
> 🧑 **X맨** 난 반댈세.
>
> 🧑 **소림축구** 뭐래. 연예인처럼 초상권이 있는 것도 아니면서.
>
> 🧑 **니가 더 잘 나가** 맞아.

초상권? 어디서 많이 들어봤는데? 아, 맞다! 학교 사회 숙
제로 지역 상인들을 만나 인터뷰를 하고, 시장 소개 영상을 찍
은 적이 있었다. 그때 지나가던 어떤 분이 그랬다.

"당사자의 허락 없이 동영상이나 사진을 찍으면 초상권 침
해니까 함부로 찍지 마라."

그 일이 생각나 나 자신도 깜짝 놀랄 만큼 침착하게 썼다.
내가 썼다기보다 손가락이 저절로 움직이는 것 같았다.

> 😠 **정의 호빵** 연예인만 초상권이 있는 거 아니잖아요. 지우지 않
>
> 으면 당장 경찰서에 갈 거예요.

> 👤 **춤신춤왕** 경찰서? 그래 한번 해 봐 이 왕뚱땡아.
>
> 👤 **니 똥 칼라** ㅋㅋㅋ 왕뚱땡아래.
>
> 👤 **젤바른 스님** ㅉㅉ 애가 아직 뭘 모르네.

왕뚱땡아? 이 사람들이 정말. 내 몸속 깊은 곳에서 탄산처럼 부글거리는 뭔가가 솟았다. 나는 바로 집을 나섰다.

'흥, 내가 못 할 줄 알고!'

씩씩거리며 걷고 있는데 회색빛 보도블록이 진하게 물들어 갔다. 거짓말처럼 비가 내리고 있었다. 정말 완벽하다, 완벽해. 나는 내리는 봄비를 온몸으로 맞으며 열두 살 내 인생을 한탄했다.

경찰서 문 앞에 서서 나는 거친 숨을 내뱉었다. 안을 흘끔 들여다보는데 모두 너무 바빠 보였다. 돌아갈까? 아니야, 그럴 순 없지. 근데 뭐라고 하지? 엄마 아빠랑 같이 올 걸 그랬나? 후회가 밀려올 때였다.

"무슨 일로 왔니?"

푸른빛 제복을 입은 경찰관 한 명이 나에게 말을 걸었다.

"저……." 말이 제대로 나오지 않고 가슴에 턱턱 걸렸다.

"저기, 그러니까…… 먹방 유튜버를 고발하려고요."

"……응?"

경찰관은 그게 무슨 소리냐는 듯 의아해하더니 내 표정이 심상치 않았는지 들어오라고 손짓을 했다.

"거기 앉아서 천천히 말해 봐."

경찰관이 가리킨 의자에 앉아 숨을 크게 내쉬었다. 그런 다음 그 동영상과 댓글들을 보여 주며 내가 온 이유를 들려주었다. 말을 시작하니 꾹꾹 눌러 두었던 억울함이 올라와 눈물이 터졌다.

"속상하겠구나. 그런데 어쩌지. 경찰은 그 유튜버를 처벌 못 해."

"네? 왜요?"

눈물이 쏙 들어갔다.

"형법상 처벌 기준이 아직 없어서 민사상 손해 배상 청구 절차로 해결해야 해."

나는 그제야 사람들이 한번 해 보라고 하는 이유를 알게 되었다. 그나저나 형법상은 뭐고 민사상은 뭐지? 나는 어리둥절

한 채로 경찰관의 다음 말을 기다렸다. 경찰관이 나를 문 앞으로 데려가더니 손가락으로 건너편 건물을 가리켰다.

"저 건물 보이지?"

"네."

"그래. 저 건물 삼 층에 무료로 법률 상담을 해 주는 변호사가 있거든. 지금 가면 만날 수 있을 거야."

"만나서요?"

"만나서 네 상황을 얘기해 봐."

이건 또 무슨 일이야. 변호사를 만나라니. 상상도 못 했던 일이다. 다시 정신을 차리고 물었다.

"근데요, 변호사를 만나려면 엄마나 아빠랑 같이 가야 하지 않아요?"

"상담만 하는 건 어린이도 법적 보호자 없이 가능해. 소장을 쓸 때는 동행을 해야 하고."

"고소장이요?"

오, 내가 고소장이라는 말도 알고 있어.

"아니. 고소장은 경찰서에 내는 거야. 소장은 법원에 내는 거고. 자세한 건 변호사가 설명해 줄 거야."

나는 고개를 끄덕거렸다.

"네가 가는 동안 전화해서 상황을 대강 얘기해 놓을게."

"감사합니다."

고개 숙여 인사하고는 걸음을 옮겼다. 몇 걸음 걸어가다가 살며시 뒤를 돌아보자 경찰관은 여전히 나를 보고 있었다. 또 돌아보았을 때는 경찰서 안으로 들어갔는지 보이지 않았다.

나는 핸드폰을 열었다. 엄마에게 연락할까 말까 잠시 고민하다가 이내 마음을 정했다. 기왕 용기를 낸 김에 한 발짝 더 앞으로 나아가 보기로 했다. 곧장 변호사 사무실로 향했다.

똑똑.

"들어오세요."

문을 두드리자 사무실 안에서 밝고 경쾌한 목소리가 들려왔다. 나는 조심스레 문을 열었다.

"안녕하세요."

꾸벅 인사를 하고 안으로 들어갔다. 책상에 '변호사 현빈'이라고 적힌 명패가 놓여 있었다. 엄마의 최애 배우와 이름이 똑같네? 왠지 느낌이 좋았다.

"아, 너로구나. 이리 앉아."

현빈 변호사는 나를 소파로 안내했다.

"근데 진짜 혼자 온 거니?"

내가 그렇다고 하자 현빈 변호사는 뭐가 재미있는지 입을 벌리고 웃었다.

"와아, 용감하네. 용감해."

나는 그런 말은 백번도 더 들어봤다는 듯 어깨를 으쓱했다. 현빈 변호사는 또 한 번 웃더니 동영상을 보자고 했다.

"네 얼굴에 모자이크는커녕 실루엣 처리도 하지 않았네. 상업적으로 이용하려고 작정을 한 거지. 혹시 그 유튜버가 식당에서 초상권 사용이나 촬영 동의를 요청했니?"

"아니요."

나는 머리를 세차게 흔들었다.

"그렇다면 초상권 침해가 맞아. 이럴 땐 손해 배상 청구가 가능한데 '타인의 신체, 자유 또는 명예를 해하거나 기타 정신상의 고통을 가한 자는 재산 이외의 손해에 대해서도 배상할 책임이 있다.'라고 법에 명시되어 있어. 삭제 요구도 가능하고."

"제가 내려 달라고 했는데 안 된다고 했어요!"

나도 모르게 발끈했다.

현빈 변호사는 충분히 이해한다는 듯 내 어깨를 가볍게 툭 툭 쳤다. 그러고는 내 이름을 물어보았다. '김도현'이라고 하자 자신의 노트북을 보라는 손짓을 했다.

"도현아, 네가 만약 소장을 쓴다고 하면 부모님의 동의가 필요한데, 여기 '원고' 란에는 네 이름과 주소, 연락처를 쓸 거야. 그 밑에는 법률 대리인인 내 이름과 주소, 연락처를 적을 거고, '피고' 란에는 그 유튜버의 정보를 적을 거야. 여기 청구 취지에는 동영상을 내리라는 말을 쓸 거고, 소송 비용은 피고가 부담한다고 쓸 거야. 물론 손해 배상을 청구한다는 말도 적어야겠지. 내용이 더 있지만, 그건 네가 이해하기 좀 어려울 거 같아서 이 정도만 설명할게. 알았지?"

"네. 내용을 다 채우면 뒤저스에게 이 소장이 간다는 거죠?"

"맞아."

"얼마나 걸려요?"

"소장 접수 후 피고인에게 도착하기까지 이 주 정도 걸려. 상황에 따라 더 길어질 수도 있고."

"그렇게나 오래요? 그럼 그 사람이 소장을 받을 때까지 동영상이 계속 남아 있는 거네요."

"흐음, 그렇지."

"그러면 댓글이 더 많아진단 말이잖아요. 더 빨리 내리게
할 수는 없나요?"

현빈 변호사는 잠시 무언가를 생각하는 듯 창밖을 바라보
더니 이윽고 나를 보며 다시 입을 뗐다.

"오케이. 이 방법 한번 해 볼래?"

"어떤 방법이요?"

"우리도 찍는 거야."

"뭘 찍어요?"

현빈 변호사는 얼굴에서 웃음기를 싹 거둔 채 말했다.

"네가 경찰관을 만나는 것부터 나를 만나서 상담하는 영상
을 찍어서 올리고 먹방 유튜버 영상 댓글에 링크를 다는 거야."

"오오……."

나는 감탄사를 내뱉었다.

"그럼 시작해 볼까?"

현빈 변호사는 눈을 반짝였다.

고기가 이렇게 무섭습니다!(feat. 먹방 신동)

뒤저스 먹방

그날 밤, 내가 올린 동영상에 댓글이 폭발했다. 그리고 한 번도 내게 반응하지 않았던 뒤저스가 댓글을 달았다.

우하하하. 댓글을 보고 나도 모르게 크게 웃었다.

나는 핸드폰을 내려놓고 부엌으로 갔다. 평소와는 다른 간식을 먹기로 마음먹었다. 냉장고에서 플레인 요거트와 단백질 초코바를 하나씩 꺼냈다. 왠지 몸이 가벼워진 느낌이 들어 내친김에 간식을 들고 밖으로 나갔다. 어디선가 따뜻한 봄바람이 불어와 내 몸을 감쌌다.

흥, 내가 못 할 줄 알고!
정의 호빵

👤 **춤신춤왕** 진짜 경찰 만났네.

👤 **피자헉** 변호사도 만났어.

👤 **바람의 점심** 변호사 말대로 징역 실화임?

👤 **호나우동** 징역도 징역인데 벌금이 오천만 원이야.

👿 **뒤저스 먹방** 미안해. 형아가 너무 막 나갔지? 동영상 내릴 테
니 한 번만 봐 줘라. 🙏

😊 **정의 호빵** 생각해 볼게요.

👿 **뒤저스 먹방** 하하하. 고마워. 근데 말이야, 너 좀 하더라? 이
형아랑 먹방 찍지 않을래? 나 아주 진지해.

😊 **정의 호빵** 그것도 생각해 볼게요.

작은 의심이
큰일을 막을 수 있어

"와아, 시원해."

찜통더위를 뚫고 스포츠센터에 도착하니 시원한 에어컨 바람이 나를 반겼다. 나는 빛의 속도로 수영복으로 갈아입고 샤워실에서 간단히 물 샤워를 마쳤다. 수경을 쓰고 수영장에 들어가려고 하는데 지혜가 손을 흔들었다. 나는 고개를 끄덕이고 물속으로 들어가 지혜에게로 갔다.

"웬일로 일찍 왔냐?"

지혜는 내 질문에 대답도 하지 않고 다짜고짜 돈을 빌려 달라고 했다.

"또 제이 오빠 때문이야?"

지혜는 헤헤 웃으며 내게 물을 튀겼다.

제이는 지혜가 작년부터 좋아하는 남자 아이돌이다. 신곡이 나올 때마다 음원 다운로드와 앨범 구매는 기본이고, 하루 종일 스트리밍을 돌리고, 온라인 투표와 굿즈 모으기 등을 반복하고 있다. 그뿐만이 아니다. 제이가 먹는 아이스크림, 제이가 입은 점퍼, 제이가 신은 신발, 제이가 쓰는 볼펜까지 제이가 먹고 입고 신는 것을 따라 했다. 수영을 배우는 이유 역시 제이가 수영을 배우고 있기 때문이다. 혼자 하기 심심하다고 나까지 끌어들였다.

"앨범은 나중에 사고 굿즈 먼저 사려고. 지금 오만 원밖에 없는데 굿즈 다 사려면 십만 원은 필요해."

지혜는 한숨을 크게 내쉬었다.

"그렇게나 비싸? 아휴, 나도 돈 없어. 다 썼어."

"진짜?"

나는 그렇다고 고개를 끄덕였다.

"이모한테 엄마가 용돈을 적게 줬다고, 주말에 쌍둥이 돌봐 줄 테니까 용돈 좀 달라고 했다가 한소리 들었어. 작작 하래."

말을 마친 지혜가 시무룩한 표정을 짓더니 갑자기 눈을 반짝였다.

"아, 맞다. 오성주, 너도 이모 있지?"

"응."

"이모한테 용돈 달라고 하면 안 돼? 나 좀 빌려 줘."

"안 돼. 우리 이모는 바로 엄마한테 말할 거야. 아, 됐고. 이제 그만 좀 사. 제이 오빠가 뭐라고 이 난리냐."

격앙된 내 목소리에 수강생들이 지혜를 쳐다보았다. 지혜는 창피한 건지, 아니면 정곡이 찔려 기분이 상한 건지 말없이 나를 바라보았다. 나는 그런 지혜를 무시하고 다시 물속으로 들어갔다. 첨벙거리는 소리가 사방으로 울려 퍼졌다. 숨이 가빠질 만큼 헤엄을 치고 물속에서 나오자 지혜가 없었다.

"에이, 몰라."

나는 팔다리를 늘어뜨렸다. 마치 낙엽이라도 된 것처럼 물 위에 떠서 수영장 천장을 바라보았다. 천장이 무겁게 나를 짓누르는 듯했다. 잠시 고민하다 수영장에서 나와 재빨리 샤워를 마쳤다. 머리도 말리지 않은 채 탈의실 보관함에서 핸드폰을 꺼내 지혜에게 톡을 보냈다.

제이 여친 어디십니까?

지혜는 한참 동안 답장이 없었다. 나는 다시 한번 톡을 보냈다.

집이야?

조금 늦더라도 언제나 내 톡에 답장을 보냈던 지혜인데, 오늘은 단단히 삐졌는지 답장이 없었다. 전화를 걸었더니 통화 연결음만 계속 이어지다 끊겼다. 나는 스포츠센터에서 나와 집으로 가는 버스에 올랐다. 손바닥보다 작은 에어컨에 머리를 말리고 있는데 속상하다는 말로는 부족한, 어떤 안타까움이 물결처럼 번졌다.

다음 날, 학교에 가자 나처럼 일찍 온 애들이 드문드문 앉아 있었다. 나는 자리에 앉아 핸드폰을 보았다. 지금까지 지혜에게 답장이 오지 않았다. 한숨을 내쉬고 아침 독서록을 펼치는데 누군가 내 어깨를 툭툭 쳤다. 올려다보니 지혜였다. 지혜는 내 독서록 귀퉁이에 '완전 대박'이라고 썼다.

나는 지혜를 올려다보고 소리 없이 '뭐가?'라고 물었다. 지혜가 손짓을 해서 교실 밖으로 따라 나갔다.

"뭔데 대박이야."

지혜는 대답 대신 자기 핸드폰을 들이밀었다.

"팬클럽 어떤 언니가 나한테 돈을 준대."

"뭐라고?"

나는 놀라서 소리를 지르고 지혜 핸드폰을 들여다보았다.

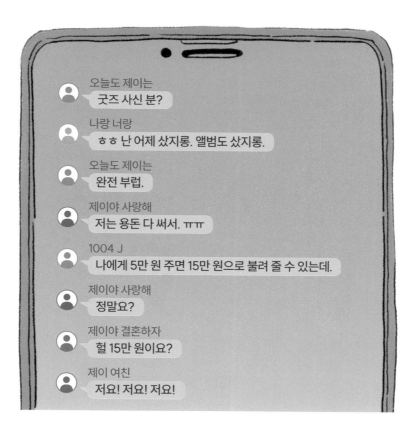

지혜는 바로 돈을 보낼 기세였다. 문득 의아했다.

"아무리 그래도 이자를 십만 원이나 주는 사람이 어디 있냐? 그 언니 좀 이상하다."

지혜는 소리 내어 웃었다.

"이상하다니. 제이 오빠가 내게 보낸 천사한테."

천사 좋아하네. 나는 그 말을 꿀꺽 삼키고 이런 경우가 있는지 검색해 보자고 했다.

그 순간, 지혜의 핸드폰이 울렸다. 반짝 떠오른 화면은 팬클럽 언니 '1004 J'가 재학 중인 대학교 학생증이었다. 지혜는 다시 채팅방에 들어갔다. '1004 J'는 선착순 10명이라면서 연락

처와 계좌번호를 올리고 돈 필요한 사람은 지금 당장 입금하라고 재촉했다. 안 그러면 다른 사람한테 넘어간다고 하면서.

"어, 안 되는데."

입금했다는 사람이 하나둘 생기자 지혜는 초조한 표정을 지었다. 곧 1교시가 시작되면 핸드폰을 못 쓰니까 지금 보내야겠다고 하면서 핸드폰 금융 앱을 열었다. 불현듯 옆집 아저씨가 보이스피싱범에 큰돈을 사기당했다는 엄마의 말이 떠올랐다. 경찰서로 가고 난리가 아니었던 그 일을 전해 들었던 나는, 본능적으로 마음이 철렁했다.

"그 언니 번호가 맞는지 일단 전화해 보자. 옆집 아저씨도 보이스피싱 당했거든. 너도 알지? 담임이 가정 통신문도 보냈잖아. 모르는 계좌로 돈을 보내지 말고, 문자로 오는 이상한 링크도 누르지 말라고."

"그래, 그러자."

예상치 못한 지혜의 반응에 놀랐지만 나는 아무렇지 않은 척 그 언니 번호를 눌렀다. 통화 연결음이 울리자마자 누군가 전화를 받았다.

"번호 보고 전화했지? 지금 수업 중이니까 나중에 걸어 줄래? 미안."

여자는 속사포처럼 내뱉더니 대답할 틈도 주지 않고 전화를 끊었다.

"……."

당황한 나를 보며 지혜가 피식 웃었다.

"거봐. 우리 팬클럽 회원은 남을 속이는 그런 짓 안 하거든. 제이 오빠에게 피해를 주는 일 자체를 절대 안 한다고."

"그래도……."

내가 뭔가 더 말을 하려는데 1교시 시작종이 들려왔다. 지혜는 의기양양한 얼굴로 교실로 먼저 돌아갔다.

1교시가 시작되고 얼마 후, 지혜는 교실 벽에 걸린 시계를 쳐다보며 안절부절못했다. 그러다 배가 아프다며 손을 들었다. 담임이 고개를 끄덕이자 지혜는 재빨리 교실 뒷문으로 나갔다. 신경을 쓰지 않으려 안간힘을 써 보았지만, 내 의지와는 상관없이 지혜에게 온 신경이 쏠렸다. 별일 없겠지 하면서도 걱정이 떠나질 않았다. 그래서인지 오줌이 마려운 것처럼 조급함도 밀려왔다.

"선생님, 저도요."

"뭐야. 누가 베프 아니랄까 봐 화장실도 같이 가냐. 다녀 와."

선생님이 웃으며 말했다. 멋쩍게 웃고 나는 화장실로 뛰어 갔다. 화장실에는 아무도 없었다. 순간 지혜가 보건실에 있을 것 같다는 느낌이 들었다. 체육 시간에 종종 넘어져 보건실에 가곤 했었고, 배가 아프다고 간 적도 있었다. 서둘러 몸을 돌린 순간, 바닥에 고여 있던 물에 미끄러지고 말았다.

"넌 어디가 아파서 왔어?"

"네? 아, 그게……. 화장실에서 넘어졌어요."

나는 바지를 걷어 올리고 보건 선생님에게 상처를 보여 주었다. 무릎이 까져 피가 맺혀 있었다. 보건 선생님은 알코올 솜으로 상처를 소독하고 약을 발라 주었다. 쓰읍, 하는 소리를 냈더니 누군가 담요를 슬쩍 내렸다. 지혜였다. 이때다 싶어 나는 얼른 지혜에게 물었다.

"보냈어?"

"아, 몰라."

지혜는 신경질적으로 몸을 돌린 뒤, 다시 담요를 정수리까지 끌어올렸다. 우리를 지켜보던 보건 선생님이 물었다.

"뭘 보내?"

담요를 덮은 지혜 대신 내가 답했다.

"지혜가 보이스피싱 당한 것 같아요."

"뭐? 보이스피싱? 진짜야?"

보건 선생님이 담요를 들추며 소리쳤다. 지혜는 아무 말도 하지 않았다. 보건 선생님은 내게로 고개를 돌렸다. 나는 망설이다 그동안 있었던 일을 털어놓았다. 보건 선생님은 지혜를 쳐다보며 조금은 가벼운 말투로 물었다.

"그 채팅방 좀 보여 볼래?"

지혜는 잠시 주저하다 보건 선생님에게 핸드폰을 건넸다. 보건 선생님은 채팅방에 올라오는 글들을 고스란히 읽어 내려갔다. 이윽고 채팅방에서 눈을 뗀 보건 선생님이 한숨을 내쉬며 말했다.

"보이스피싱 맞네."

우리는 보건 선생님이 건넨 핸드폰을 들여다보았다.

스크롤을 한참 동안 내려야 할 만큼 빠르게 글이 올라오고 있었다. 그제야 사태의 심각성을 느꼈는지 지혜는 급히 그 언니에게 전화를 걸었다.

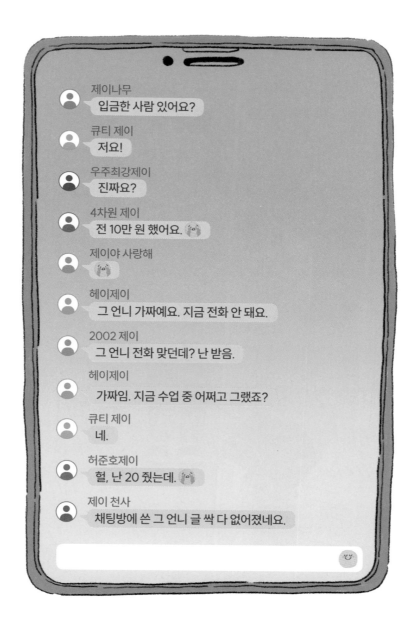

제이나무
입금한 사람 있어요?

큐티 제이
저요!

우주최강제이
진짜요?

4차원 제이
전 10만 원 했어요. 🙀

제이야 사랑해
🙀

헤이제이
그 언니 가짜예요. 지금 전화 안 돼요.

2002 제이
그 언니 전화 맞던데? 난 받음.

헤이제이
가짜임. 지금 수업 중 어쩌고 그랬죠?

큐티 제이
네.

허준호제이
헐, 난 20 줬는데. 🙀

제이 천사
채팅방에 쓴 그 언니 글 싹 다 없어졌네요.

"지금 거신 번호는 없는 번호이니 확인하시고 다시 걸어 주시기 바랍니다……."

몇 번이고 다시 걸었지만 같은 음성이 흘러나오자 지혜는 핸드폰을 침대에 내동댕이쳤다.

"와아, 씨. 이 언니 뭐야, 뭐냐고. 완전 제이 오빠 얼굴에 먹칠하고 있네."

지혜는 울음 섞인 목소리로 연신 그 언니를 향한 욕을 쏟아냈다. 보건 선생님은 지혜 등을 두드리며 다독였다. 그리고 이렇게 말했다.

"나도 당해 봐서 그 마음 알아. 나뿐 아니라 학교 선생님 몇 분도 사기 당했어."

"……네?"

지혜가 눈을 동그랗게 뜨고는 보건 선생님을 바라보았다.

"저…… 안 당했는데요."

보건 선생님과 내가 동시에 지혜를 보았다. 벌게진 눈으로 지혜가 말을 이었다.

"의심쟁이 오성주가 하도 뭐라고 하니까 불안해서 보낼 수가 있어야죠."

보건 선생님은 뭔가 큰 깨달음을 얻은 것처럼 탄식했다.

"너희처럼 작은 의심이라도 해야 했는데. 그랬다면 큰일을 막을 수 있었을 텐데. 난 의심조차 안 한 거 있지."

"샘, 정말 보이스피싱 당했어요?"

내가 조심스럽게 물었다.

보건 선생님은 보건 가운 주머니에 손을 찔러 넣고 대답 대신 고개를 끄덕였다.

"와아……. 선생님들도 당하다니 진짜 말도 안 된다."

지혜의 목소리가 커졌다. 보건 선생님의 얼굴이 순식간에 어두워졌다.

"그치. 말도 안 되지. 카톡 친구 등록이 되어 있다며 친하게 지내자 하거나 투자 정보라며 호기심을 유발하는 메시지를 보내거나, 공공기관을 사칭하거나, 가족이나 친구를 사칭해 통장 이체를 유도하거나, 게임 머니를 주겠다는 문자……. 어휴, 알고도 뭔가에 홀린 듯이 그렇게 되었지 뭐야."

보건 선생님은 우리를 바라보며 계속 말했다.

"그 일을 당하고 나서야 사기범들 수법이 너무도 다양하고 정교하다는 걸 알게 됐어. 아마 채팅방 참가자 중 여러 명이

바람잡이였을 거야."

말끝에 보건 선생님이 한숨을 내쉬었다. 그때 1교시 종료
종이 울렸다.

"아무튼 당하지 않아서 다행이다. 이 일은 내가 담임 선생
님과 상의할 테니 너희는 얼른 수업 들어가."

나와 지혜는 감사하다고 인사하고 보건실에서 나왔다.

우리는 말 없이 교실로 돌아갔다. 쉬는 시간이라 교실 안은
시끌벅적했다. 내 앞자리의 대경이와 지호가 책상 밑에서 선
생님 몰래 핸드폰을 보고 있었다. 뭘 보는지 입꼬리가 귀에 걸
려 있었다.

"야, 이것 좀 봐. 이벤트에 응모하면 게임 상품권을 준대. 눌
러 볼까?"

대경이가 그렇게 말했을 때, 나와 지혜는 동시에 외쳤다.

"안 돼!"

집으로 돌아와 땀으로 축축하게 젖은 몸을 씻고 침대에 누
웠다. 창 너머로 어둑해지는 하늘을 바라보며 가만히 생각해
보았다.

지혜의 일이 내 일이라면 어땠을까. 간절한 순간에 건네는 누군가의 호의를 무시할 수 있었을까. 신고를 하면 사기꾼을 잡을 수 있을까. 지금도 어디선가 이런 일로 마음 아파하는 사람이 있겠지. 얼마나 억울하고 속상할까. 그나저나 지혜는 뭐 하고 있으려나. 전화해 볼까. 나는 핸드폰을 열었다. 그때 지혜에게 톡이 왔다. 나도 모르게 피식 웃었다.

잠자리 놀이터임.

딱 기다려.

집 앞 잠자리 놀이터로 가 보니 지혜가 그네에 앉아 있었다. 지혜는 나를 보며 마치 성검을 뽑듯 조심스레 가방에서 작년에 산 응원봉 굿즈를 꺼내 들었다. 그러더니 불을 켜고 제이 노래를 부르기 시작했다.

"야, 창피하지도 않냐?"

놀이터에서 놀고 있는 애들이 지혜를 신기하게 바라보았다.

"별로."

지혜는 어깨를 으쓱하고 아이스크림을 내밀었다. 제이가

좋아하는 아이스크림이었다.

"오성주, 오늘 일 고마워."

"치이, 당연히 고마워 해야지."

나는 아이스크림을 한 입 베어 먹었다. 그리고 지혜와 함께 제이의 노래를 불렀다. 수영장 물속으로 뛰어든 듯 시원한 기분이 들었다.

처음엔 호기심이었어

모처럼 수학 학원에 일찍 도착한 세민이는 자기처럼 일찍 온 친구들이 있나 두리번거렸다. 학원 복도 끝에서 민준이와 해원이의 낯익은 뒷모습이 보였다. 재하도 와 있었다.

"와아, 또?"

"이번엔 장난 아니야."

민준이와 해원이는 핸드폰을 보며 흥분된 얼굴로 하이파이브를 했다. 세민이는 뭐가 그렇게 재미있는지 궁금했다.

"뭔데 그래?"

세민이는 민준이의 핸드폰에 얼굴을 들이댔다. 사다리 타기와 비슷한 게임인 것 같은데 실시간 유저 수가 엄청났다.

"무슨 게임인데 사람들이 이렇게 많아?"

민준이는 인기 있는 게임이라서 그렇다고 하면서 환하게 웃었다. 그때 재하가 세민이를 끌어당겼다.

"어, 뭐야."

세민이는 영문도 모른 채 끌려갔다. 재하는 세민이를 보면서 나지막하게 속삭였다.

"야, 저거 불법 도박이야."

"도박 아니거든. 게임이거든."

재하 말을 들은 민준이가 발끈했다. 재하도 바로 쏘아붙였다.

"거기 '베팅'이라고 적혀 있는 건 뭔데?"

"그건……."

민준이는 말을 얼버무렸다. 재하는 코웃음을 쳤다.

수업이 끝나고 세민이와 재하는 학원 승합차에 탔다. 얼마 뒤 교복을 입은 중등부 세 명이 우르르 탔다. 종종 같이 타는 형들인데 그중 한 명은 세민이 앞자리에 앉고, 두 명은 통로 옆자리에 앉았다.

"오늘은 어디서 놀래?"

"간만에 홀짝 할까?"

통로 옆자리에 앉은 중등부들이 "오케이" 하며 각자의 핸드폰을 꺼내고 코를 박았다.

"홀 나와라."

"안 돼. 짝!"

"오예! 짝."

한 명이 기쁨의 포효를 하는 동안 다른 한 명은 "끄아아아." 소리치며 승합차 천장을 올려다보았다.

세민이 앞자리의 빡빡머리 형은 게임이 잘 안 풀리는 모양인지 모자를 벗었다 썼다 하며 손바닥으로 맨머리를 쓸었다. 가방에 '나홍준'이라는 이름표가 달려 있었다.

"너도 해 볼래?"

홍준이가 뒤를 돌더니 다짜고짜 물었다. 세민이는 곁눈질을 하면서 싫다고 대답했다. 홍준이는 어이가 없다는 듯 피식 웃더니 고개를 끄덕였다.

"아, 오늘만 봐준다. 대신 네 번호 좀 알려 줘."

"왜요?"

세민이가 되묻자, 홀짝을 하던 형들이 세민이를 흘끔 보더니 홍준이와 시선을 교환했다.

"재미있는 거 알려 주려고. 이거 봐 봐. 여기 사다리, 홀짝,

투투 보이지? 네가 원하는 거 아무거나 하나 해 봐."

세민이는 재하를 한번 보았다가 고개를 흔들었다.

"안 할래요."

홍준이는 "왜?" 하며 눈썹을 찡그렸다.

"그거 다 불법 도박이래요."

세민이 말에 홍준이의 표정이 일그러졌다.

"누가 그래?"

세민이는 그러니까, 하면서 재하를 또 쳐다보았다. 재하는 세민이와 시선을 마주한 채 두 눈을 깜빡거렸다. 아까처럼 당당하게 말할 줄 알았는데 아무 말 없이 몸을 움츠릴 뿐이었다.

홍준이는 숨을 크게 내쉰 뒤 말을 꺼냈다.

"일단 해 봐. 해 봐서 도박 같으면 지우면 되잖아."

세민이는 망설이다가 홍준이에게 핸드폰 번호를 알려 주었다. 곧 세민이 번호로 '사다리 고고' 접속 링크가 도착했다. 세민이가 문자를 물끄러미 보고 있자, 홍준이는 핸드폰을 달라고 했다.

"안 돼요."

세민이는 핸드폰을 꼭 쥐었다. 홍준이는 눈을 부라리며 세민이를 노려보았다. 세민이는 마른침을 삼키고 핸드폰을 더욱 꽉 쥐었다. 그때 통로 옆자리에 앉은 중등부 형이 세민이 핸드폰을 가로채 홍준이에게 던졌다.

"아, 주세요."

세민이가 다급하게 소리쳤지만 홍준이는 그대로 돌아앉았다. 홍준이가 세민이에게 핸드폰을 돌려 주며 속삭였다.

"회원 가입을 했으니 집에 가서 금액을 걸고 해 봐. 그러면 기적을 맛볼 수 있을 거야."

집에 돌아와 세민이는 정신없이 사다리 고고에 대해 검색했다. 곧 이 게임이 도박이라는 사실을 확인했다. 도박에 중독된 사람들이 인생을 망쳤다고 올린 글까지 읽고 나니 더욱더 확신이 들었다. 인터넷 창을 닫고 핸드폰에 깔린 사다리 고고 앱을 내려다보았다. 세민이는 문득 호기심이 일었다.

'어쩌다 인생까지 망치는 걸까? 딱 한 번만 해 볼까?'

결국 사다리 고고에 들어갔다. 만 명 가까운 실시간 유저들을 보고 세민이는 놀라서 입을 떡 벌렸다.

"에이, 하지 말자."

세민이는 핸드폰을 닫았다. 하지만 이내 핸드폰을 열었다. 심호흡을 크게 하고 다시 사다리 고고에 들어가 만 원을 걸어 보았다. 그런 다음 짝을 찍었다. 사다리가 쪼르르 내려가더니 세민이가 찍은 짝으로 골인했다. 바로 만 원에서 5만 원이 되었다. 순간, 숨이 멎으면서 목 언저리가 뜨거워지더니 짜릿한 무언가가 빠르게 지나갔다.

시간이 얼마나 지났을까? 세민이는 한 판만 하고 끝내려고 했던 사다리 고고를 50판이나 했다. 성공과 실패를 거듭한 결과 돈은 5만 원에서 3만 원으로 줄었다.

'그래도 이게 어디야.'

세민이는 히죽 웃고 이 돈으로 무얼 할지 생각해 보았다. 곧 여진이 생일이 다가오니까 선물을 해 주자. 아, 먼저 같이 햄버거 먹자고 해야지. 세민이는 침대에 누워 여진이 생일선물을 검색했다. 3만 원이나 하는 선물을 고르는 건 처음이었다.

그날 밤, 세민이는 잠이 오지 않았다. 여진이에게 선물할 생각에 들뜬 탓이 아니다. 사다리 고고를 계속하면 얼마를 벌 수 있을까. 어떻게 하면 잘할 수 있을까. 어두운 천장을 바라보며 그런 생각만 했다. 돈이 계속 늘어나는 묘한 기분을 맛보다가

평소보다 한참 늦게 잠이 들었다. 꿈속에서 세민이는 1등이 되어 있었다.

다음 날, 등굣길에서도 세민이는 계속 사다리를 타는 기분이 들었다. 짝인지 홀인지를 맞혔을 때 밀려오던 기쁨과 숨이 멎을 것 같은 짜릿함이 머릿속을 휘저었다.

수업 시간에도 내내 그 느낌에 휩싸여 있었다. 지우려 하면 할수록 그 느낌은 파노라마처럼 생생하게 펼쳐졌다. 결국 수업이 끝날 때까지 사다리 고고는 세민이 머릿속을 지배했다.

"너, 혹시…… 돈 좀 빌려 줄 수 있어?"

자리에서 일어나는데 민준이가 세민이 앞에 앉았다.

"어? 뭐라고?"

민준이는 얼굴을 가까이 들이밀었다.

"돈 좀 빌려 줄 수 있냐고."

"엥? 얼마나?"

"십만 원 정도."

10만 원이라니. 세민이는 놀라서 되물었다.

"없어. 근데 너 사다리 고고 해서 돈 따지 않았어?"

민준이는 양손으로 세민이 입을 막았다. 세민이는 알았다는 듯이 고개를 끄덕였다. 민준이는 그제야 제 손을 치우고는 교실에 남아 있는 애들을 의식하며 중얼거렸다.

"다 잃었어. 몽땅 다."

민준이는 어깨를 축 늘어뜨리고 고개를 쳐들고는 한숨을 내쉬었다.

"그럼 해원이한테 빌려."

세민이 말에 민준이는 대답 대신 해원이를 가리켰다. 창가에 앉은 해원이는, 햇빛 때문인지 얼굴만 두드러져 보였는데 어제와는 표정이 딴판이었다. 마치 소중한 뭔가를 잃은 것처럼 얼굴엔 슬픔과 걱정이 가득했다.

"왜 저래?"

세민이가 물었다.

"쟤도 다 잃었거든. 자기 돈이랑 반 친구들에게 빌린 돈까지 전부 다."

"얼마나?"

"한 이십만 원 정도."

"뭐? 진짜로?"

"진짜로."

민준이는 힘없는 목소리로 말하고 책상에 엎드렸다.

"너는 얼만데?"

민준이는 몸을 일으키고 세민이를 보았다.

"나는…… 오십만 원이야."

민준이 눈에 눈물이 글썽글썽했다. 50만 원? 상상도 못 한 액수에 세민이는 어떻게 반응해야 할지 고민하다 겨우 입을 뗐다.

"안 하면 되잖아."

민준이는 다시 책상에 엎드렸다. 그러더니 작게 웅얼거렸다.

"이게 말이야, 잃으면 빌리면서까지 하게 돼. 또 해서 채워야지, 하고 생각한다니까. 이번 한 번만 하자, 한 번만. 그러다 잃고, 빌리고. 결국 망하는 거야."

세민이는 당혹스러웠다. 그때 교실 앞문으로 재하가 들어왔다. 재하는 곧바로 걸어와 세민이 옷자락을 잡고 밖으로 끌어냈다. 세민이는 영문도 모른 채 재하 손에 이끌려 운동장 수돗가까지 끌려갔다. 재하는 다짜고짜 물었다.

"너 들어갔어?"

"뭔 소리야."

"사다리 고고 했냐고."

세민이는 좌우를 획획 둘러보았다. 주위에 아무도 없는 걸 확인하고 입을 열었다.

"나, 어제 이만 원 땄어."

예상한 대답이었는지 재하가 한숨을 내쉬었다.

"그거 불법 도박이라니까."

"도박 같지 않던데? 게임이랑 똑같아. 너무 재미있어서 오십 판이나 했다니까."

"말이 되냐?"

세민이는 할 말이 없었다. 재하가 다시 말했다.

"그러지 말고 어서 지워. 지우고 그 형들 신고하자."

"안 돼. 그 형들이 알면 보복할 게 뻔해."

"그럼 신고하지 말고 어른한테 말하자."

"어른 누구? 아, 몰라. 내가 알아서 할게."

세민이는 재하를 밀치고 집으로 뛰어갔다. 집에 도착해 옷도 벗지 않고 책상에 앉아 핸드폰을 열었다.

"지우자. 그래, 지워."

하지만 말과는 달리 세민이는 사다리 고고에 들어갔다. 역시나 많은 유저들이 접속해 있었다. 짜릿한 느낌이 다시 고개를 쳐들면서 심장이 쿵쿵 뛰었다. 침을 꼴깍 삼키고 과감하게 2만 원을 걸었다. 짝을 고를까, 홀을 고를까 하다 짝을 골랐다. 결과는 실패였다. 바로 2만 원이 사라졌다.

'만 원만 걸걸. 뭐, 어제도 이러다 결국 땄으니까.'

세민이는 남은 만 원을 다 걸고 짝을 골랐다. 두 손을 모아 기도를 하는데 손이 축축하게 젖어 있었다. 짝 나와라. 짝 나와라. 하지만 또 홀이 나왔다.

세민이는 갑자기 참을 수 없이 불안해졌고, 뒤통수가 저려왔다. 순간, 민준이가 했던 말이 떠올랐다.

"이번 한 번만 하자, 한 번만. 그러다 잃고, 빌리고. 결국 망하는 거야."

세민이는 사다리 고고를 보면서 머리카락을 움켜쥐었다. 눈을 감은 채 아랫입술을 깨물고 크게 몇 번이고 숨을 들이마셨다가 내쉬었다.

"그래."

세민이는 마침내 결심했다는 듯 사다리 고고를 지워 버렸다. 그리고 재하에게 전화를 걸었다.

"어른 누구한테 말할까?"

"같이 생각해 보자. 나 아직 학교야. 이리로 올래?"

"알았어."

30분쯤 지나 세민이는 학교에 도착했다. 복도에 울리는 자신의 발소리를 들으며 재하네 교실로 걸어갔다.

"아, 왔구나."

놀랍게도 담임 선생님이 함께 있었다. 재하가 슬그머니 손을 들었다 내렸다. 세민이는 쭈뼛대며 재하 옆에 앉았다.

"퇴근하려고 하는데 재하가 나를 잡더라고."

담임 선생님은 그렇게 운을 떼고 다시 말했다.

"세민아, 중학생 형이 보낸 문자 좀 보여 줄래?"

세민이는 재하를 보았다. 재하는 바짝 마른 입술을 달싹이고 세민이를 마주 보았다.

"무슨 일이냐고 물어보셔서 내가 다 말했어. 민준이랑 해원이, 네가 도박을 한다고. 그리고 그 형들 얘기도 했어."

세민이는 고개를 끄덕이고 홍준이가 보낸 문자를 보여 주었다. 문자를 보고 나서 담임 선생님이 입을 뗐다.

"세민아, 네가 오는 동안 좀 알아봤는데 홍준이 같은 애들을 총판이라고 부르더라고."

"총판이요?"

"그래, 총판. 한마디로 불법 도박 사이트에서 유저들을 모집하는 사람이야. 많이 모집할수록 자기가 도박할 돈이 생기니까 그 형이 초등학생인 너희에게도 손을 뻗친 거고."

담임 선생님이 거기까지 말했을 때, 핸드폰이 울렸다. 선생님은 핸드폰을 열고 문자를 확인하더니 복잡한 표정으로 세민이를 보았다.

"조만간 경찰서에서 오라고 할 거야."

"경찰서요?"

세민이는 화들짝 놀랐다.

"너희가 불법 도박을 한 이상 선생님은 경찰에게 이 사실을 알릴 수밖에 없어. 경찰 조사 없이는 그 중학생들은 물론 도박 사이트를 운영하는 사람들을 잡을 수 없으니까. 물론 부모님께도 연락드릴 거야. 그러니 집에 돌아가면 부모님에게 사실대로 말씀드려. 민준이랑 혜원이한테도 말할 테니 그렇게 알고."

"네."

세민이는 최대한 차분하게 대답했다.

며칠 뒤, 세민이는 엄마 아빠와 함께 경찰서로 갔다. 안으로 들어가자 민준이와 혜원이 그리고 애들의 부모님들이 보였다. 모두 멋쩍게 인사를 하고 담당 경찰관을 바라보았다,

"애들아, 불법 도박은 절대로 돈을 딸 수가 없어. 온라인 불법 도박은 다 관리자가 확률을 조작하는 시스템이거든. 계속해서 돈을 따지 못하게 말이야. 그리고 돈을 땄다는 사람은 있어도 딴 돈을 가지고 있는 사람은 단 한 명도 없어. 모두 이용당하고 있는 거라고."

경찰관은 거기까지 말하고 세민이를 보았다. 그다음에 민준이, 그다음에 혜원이를 보았다. 혜원이는 금방이라도 울 것

같은 얼굴이었다.

"그리고 또 하나, 도박을 한 성인은 법으로 처벌받는데 초등학생이나 만 14세 이하인 청소년들은 처벌받지 않아. 그래서 브레이크 없이 계속하는 거고. 빚이 천 단위까지 가는 건 우습고, 끊으려고 해도 끊어지지 않는 악순환인 거지."

세민이는 경찰관의 말이 무엇을 의미하는지 정확히 알았다. 민준이는 "맞아요. 맞아." 우물우물 입속말을 했다. 해원이는 목에 뭔가 걸린 것처럼 계속해서 마른침을 삼켰다.

경찰관은 계속 말을 이었다.

"얘들아, 무슨 일이 생기고 나서는 늦어. 도박 중독도 큰 문제이지만 나홍준처럼 돈을 구하기 위해 협박이나 폭행 등 더 끔찍한 일을 벌이거든. 물론 도박 사이트에 아이들을 끌어들이는 어른들의 잘못이 가장 커. 하지만 여기서 멈추지 않으면 너희가 그런 사람이 될지도 몰라. 그래도 이렇게 일찍 멈춰서 다행이라고 생각해. 이번에는 훈방 조치로 끝내지만 다음에 또 하면 우리가 매일매일 너희를 감시할 수도 있어. 알겠니?"

경찰관이 말을 끝내자마자 세민이는 왈칵 눈물을 쏟았다. 울려던 게 아니었는데 그냥 눈물이 터져 나왔다. 자신을 휘감고 있는 이 감정의 정체를 알 수가 없었다. 불만이나 원망은 아니었다. 오히려 안도에 가까운 감정이었다. 세민이는 몇 번이고 눈물을 닦으며 심호흡을 했다.

민준이는 다시는 하지 않겠다고 말하면서 세민이를 따라서 눈물을 뚝뚝 흘렸다. 해원이는 주먹을 꽉 쥐고 "으어어엉, 으어어엉" 하고 울부짖었다.

나는 나답게 너는 너답게

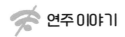 연주 이야기

오래간만에 이기고 있던 게임이 갑자기 중단되고 말았다. 연주가 부리나케 방문을 열고 거실로 나갔다.

"갑자기 인터넷이 안 돼요."

엄마는 대답이 없었다. 아빠도 마찬가지였다. 둘 다 화가 난 듯 인상을 잔뜩 쓰고 있을 뿐이었다. 연주는 거실을 돌아다니며 거듭 말했다.

"인터넷이 안 된다고요."

"도대체 게임을 몇 시간째 하는 거야?"

엄마가 인터넷과는 전혀 상관없는 대답을 했다.

"그건 왜요?"

"그건 왜요?"

아빠는 연주 말을 따라 하더니 다짜고짜 이제부터 인터넷 시간을 통제한다고 했다.

"아, 왜요?"

연주는 자기도 모르게 소리를 내질렀다. 아빠는 더욱 인상을 썼다.

"왜라니. 하라는 공부는 안 하고 게임만 하잖아. 유튜브도 그만 보라고 하지 않으면 몇 시간이나 보고. 너처럼 게임이나 핸드폰을 많이 하는 애들은 인터넷을 차단하거나 이용 기록을 관리한다더라. 너도 그렇게 할 거야."

연주는 말문이 막혔다. 화를 내야 하는지 슬퍼해야 하는지도 알 수 없었다.

'엄마 아빠는 왜 내 동의도 없이 멋대로 정하는 거야?'

이렇게 소리치고 싶었지만 참았다. 그런 말을 하면 사춘기가 벌써 왔네, 별것도 아닌 걸로 트집을 잡네, 이럴 게 뻔했다.

연주는 발을 쿵쿵 구르며 다시 방으로 들어갔다. 방문 너머로 엄마의 한숨 소리가 따라왔다. 이수에게 전화를 걸었지만 한참 동안 전화를 받지 않았다. 연주는 침대에 벌러덩 누웠다. 침대 옆에 이수와 찍은 사진들이 빼곡했다.

이수는 석 달 전에 다른 학교로 전학을 간 연주의 베프다. 그래 봐야 지하철로 두 정거장 멀어졌지만 눈만 뜨면 만나던 친구가 없어졌다는 건 너무 슬픈 일이었다. 둘은 이수가 전학을 간 후로도 매일 톡이나 영상 통화를 하곤 했지만, 예전처럼 활발하게 대화가 오가지는 않았다. 다른 친구와 잘 지내기는 해도 이수만큼 연주의 고민을 잘 들어주는 친구는 없었다.

연주가 또 한 번 전화를 걸었다. 이번에는 얼마 지나지 않아 이수가 전화를 받았다.

"뭐 하는데 이제 받아."

"미안. 친구랑 톡하느라고."

"치이, 거기 친구들이 그렇게 좋냐?"

"그게 아니라."

이수는 운을 떼고 다시 말을 이었다.

"여기서 친해진 애들이랑 위치 공유 앱을 쓰고 있는데 한 친구가 좀 심하게 내 위치만 확인하는 거야. 그래서 내가 그러지 말라고 톡을 보냈지."

"위치를 추적한다고?"

연주는 어느새 자기 고민을 까먹고 되물었다.

"응. 위치를 확인해서 아까는 어디에 있었네, 지금은 어디에 있네, 이런다니까. 완전 오버지 않냐?"

"우와, 확 와 닿은 이 느낌은 뭐지?"

"확 와 닿는다고? 혹시 나랑 비슷한 고민 있어?"

역시 이수는 눈치가 빠르다. 연주는 바로 엄마 아빠의 노골적인 감시에 대해 푸념을 늘어놓기 시작했다. 핸드폰 사용 시간을 제한하는 것도 모자라 사용 기록까지 보는 게 말이 되느냐고. 가만히 듣고 있던 이수가 호오, 하고 가볍게 숨을 내뱉었다.

"갑자기 그러시는 건 너무했다."

"그치? 너무했지?"

이수는 당연하지, 하면서 깊이 공감해 주었다.

"벗어날 방법 없을까?"

"있지. 감시 지옥에서 탈출할 특급 비법!"

"뭔데?"

"네 인터넷 사용 기록을 거꾸로 이용하는 거야."

연주가 답이 없자 이수는 목소리를 가다듬고 말을 이었다.

"컴퓨터나 핸드폰으로 강아지나 고양이만 검색해 봐. 그리고 네가 관심 있는 직업이나 도전하고 싶은 분야 같은 걸 일부러 찾아보고. 만약 그렇게 하잖아? 네 알고리즘이 관리가 되어서 관심 분야 위주로 추천 게시물이 떠. 너는 계속 그걸 보는 거지. 그러면 부모님이 '아니, 우리 연주가 진로에 관심이?' 하면서 너를 믿고 감시하지 않을 거야."

"야! 위인전 쓰냐? 아이돌 직캠이나 게임 관련 동영상 보는 시간도 모자라는데 어떻게 강아지나 고양이만 보라는 거야. 그리고 왜 벌써 진로 준비를 해야 하는데."

이수의 말은 연주에게 와 닿지 않았다.

"이거 꽤 효과 있을 텐데."

"효과는 무슨. 안 되겠어. 이번 주말에 만나."

이수와 통화를 하고 나니 답답했던 연주의 기분이 조금은 나아졌다.

📍 이수 이야기

주말 오후, 이수는 연주와 자주 만났던 놀이터로 갔다. 연주에게 5분 후쯤 도착한다는 톡이 왔다. 연주의 톡을 보고 위치 앱을 다시 열었다.

"또 그러네."

이수는 얼굴을 찌푸렸다.

놀이터에 도착한 연주가 손을 들어 반갑게 인사했다. 이수는 인사 대신 다짜고짜 제 핸드폰을 보여 주었다.

"여기 윤희라고 적혀 있는 애, 나 쫓아오는 거 같지 않아?"

"맞네. 우리 쪽으로 가까워지는데?"

이수는 주변을 살펴보았다. 골목 끝에 누군가 서 있었다. 윤희인 듯했다. 이수는 숨을 길게 내뱉고 윤희 쪽으로 걸어갔다. 연주도 뒤따라갔다.

"너, 여기서 뭐 하는 거야?"

이수가 큰 목소리로 물었다.

"어, 이수야, 안녕. 우연히 앱을 켰는데 네가 근처에 있어서 따라와 봤지."

윤희는 머쓱한지 혀를 쏙 내밀었다.

"그러니까 왜 따라온 거냐고."

차가운 이수의 말투에 윤희는 한참 뜸을 들이다 겨우 말을 꺼냈다.

"그냥……. 네가 어디에 가는지 궁금하기도 하고, 우리 말고 누굴 만나는지 알고 싶기도 하고."

이수는 어이가 없는지 윤희에게 곱지 않은 시선을 보냈다.

"그래, 궁금할 수 있어. 그런데 마트에 가면 살찌니까 라면
사지 마라, 톡 보내고. 가족이랑 영화관 가면 우리랑 놀아 주
지 않고 영화를 보네, 하고 또 톡 보내고. 학원 끝나고 집에
갈 때도 갑자기 나타나서 사람 놀라게 하잖아. 지금도 봐. 여
기까지 쫓아왔잖아. 꼭 네가 나를 실시간으로 감시하는 느낌
이라고."

윤희는 입을 딱 벌리고 이수를 바라보았다.

"친구끼리 그러면 좀 어때? 그러려고 앱 쓰는 거잖아."

"뭐?"

이수는 얼굴을 찌푸렸다.

"다른 애들은 아무 말 안 하는데 왜 너만 그래?"

윤희가 발악하듯 소리쳤다.

"왜 그러냐고? 다른 애들한테는 이만큼 집착 안 하잖아. 나한테만 그러잖아. 넌 내 사생활을 침범하는 거야. 친구라면서 내 프라이버시를 생각해 주지 않는 거라고!"

이수의 반박에 얼굴이 붉게 달아오른 윤희가 왔던 길로 되돌아 달려갔다.

"윤희야, 남윤희."

이수가 소리쳐 불러도 윤희는 큰길가로 빠르게 사라졌다.

"나 망한 듯."

이수가 중얼거렸다.

"그런 듯."

연주가 피식 웃었다.

"이제 우리 뭐 하지?"

"그러게. 뭐 하지?"

둘은 한참을 궁리한 끝에 빛나 문구점에 가 보기로 했다.

"핸드폰이 생기기 전에는 매일 가서 게임했잖아."

"맞아. 정말 오랜만에 간다."

이수와 연주는 건널목을 건너 큰길가를 따라 천천히 걸었다. 이수는 연신 흐르는 땀을 닦았다. 연주도 손 부채질을 했다. 이렇게 멀었나? 이수가 후회할 때였다. 저 멀리 시장 입구가 보였다.

시장으로 들어서니 빛바랜 간판이 달린 가게들이 즐비했다. 음식점들과 떡집을 지나 좀 더 들어가니 빛나 문구점의 간판이 눈에 들어왔다.

"와아, 빨리 가자."

이수는 한달음에 빛나 문구점으로 달려갔다. 빡빡한 마찰음을 내는 유리문을 열고 들어가자 오래된 문구들 옆에 오락기 두 대가 놓여 있었다.

"예전 그대로야."

뒤따라온 연주가 감탄했다. 그때 주인아저씨가 나오더니 이수와 연주를 반겨 주었다.

"이야, 너희 오랜만이다. 어서 와."

"안녕하세요."

둘은 주인아저씨에게 고개 숙여 인사를 하고 잽싸게 오락기 안에 동전을 넣었다. 조용했던 오락기에서 시작음이 울렸다. 이수는 좋아하는 캐릭터를 고르고 버튼을 눌렀다. 괜히 가슴이 떨렸다. 연주도 그런지 두 손을 비벼 댔다. 하지만 잠시 후, 언제 그랬냐는 듯 둘은 소리를 고래고래 지르며 현란한 손놀림을 선보였다.

"오오, 이연주 실력 죽지 않았어."

"당연하지."

발차기를 날리며 연주가 맞받아쳤다.

이수와 연주는 한참을 놀다 빛나 문구점을 나왔다. 집으로 가는 길, 이수가 갑자기 진지한 표정으로 연주에게 물었다.

"그래서 앞으로 어떻게 할 거야?"

연주는 이수의 어깨에 손을 척 올리고 말했다.

"어떻게 하긴. 나는 나답게, 너는 너답게. 잘해 봐야지."

이수는 아직 나다운 게 뭔지 모르겠지만 연주와 함께 있으면 없던 용기가 생기는 것 같았다.

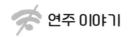 연주 이야기

연주가 집에 돌아왔을 때는 오후 5시를 넘기고 있었다. 집 안은 조용했고, 엄마 아빠는 어디에 갔는지 보이지 않았다. 연주는 자기 방에 들어가 핸드폰을 열었다. 엄마에게 전화를 걸까 아빠에게 전화를 걸까 고민하고 있는데 현관문 소리가 들렸다. 연주는 심호흡을 하고 방에서 나갔다. 연주를 본 엄마가 화들짝 놀랐다.

"아, 깜짝이야. 언제 온 거야?"

"좀 전에."

"뭐 하다가?"

"이수랑 빛나 문구점에서 놀다 왔어."

"이수랑 여전히 잘 지내는구나."

"응. 근데 아빠는?"

"아빠 갑자기 급한 일이 생겨서 나가셨어. 늦게 오니까 둘이 저녁 먹자."

연주는 엄마와 마주 앉아 저녁을 먹었다. 그러면서 자기도 모르게 엄마 얼굴을 살폈다. 연주와 눈이 마주치자 엄마가 기다렸다는 듯이 빠르게 말했다.

"아빠랑 다시 얘기해 봤는데 무작정 인터넷을 차단하는 것보다 시간을 조절하는 게 먼저다 싶어."

"정말요?"

"그래, 정말이야. 게임은 한 시간, 인터넷은 두 시간⋯⋯."

"근데 엄마."

연주가 엄마의 말을 끊고 다시 입을 뗐다.

"시간 조절은 제가 해 볼게요."

연주의 진지한 표정에 엄마가 작게 숨을 내쉬었다.

"시간 조절이 문제가 아니야. 네가 나쁜 사이트에 들어가거나 이상한 사람에게 걸려 안 좋은 일을 겪을까 봐 그러는 거야."

"저도 나쁜 인터넷 사이트쯤은 구분할 줄 알아요."

"네가 옳고 그른 걸 어떻게 판단해?"

"그건 어른들도 마찬가지잖아요. 그냥 저 한번 믿어 주면 안 돼요?"

연주가 지지 않자 엄마는 말문이 막히는지 날카로운 눈빛으로 연주를 보았다. 지은 죄가 없는데도 괜히 움츠러들었다.

"그래, 알았어. 한번 해 보자."

눈빛과 달리 엄마 목소리는 부드러웠다.

"정말요? 정말이죠?"

연주는 믿을 수 없어 거듭 물었다. 엄마는 대답 대신 고개를 끄덕이고 한마디 덧붙였다.

"널 믿어 볼게. 단, 약속을 못 지키면 그땐 엄마 아빠 말대로 하는 거다."

"네! 걱정하지 마세요. 자신 있어요."

연주는 들뜬 목소리로 장담했다.

"그래, 알았어. 근데 말이야. 거기 아직도 있어?"

엄마가 뜬금없이 물었다.

"네? 어디요?"

"어디긴. 빛나 문구점이지. 엄마도 거기 단골이었어."

엄마도 단골이었다니.

"그럼 다음에 저랑 같이 가요."

"좋아."

엄마가 환하게 웃었다.

연주는 밥을 다 먹고 방으로 갔다. 바로 실행하는 게 좋겠다 싶어 우선 핸드폰을 열고 사용 시간을 변경했다. 게임은 2시간, 유튜브는 1시간만 할 수 있게 제한을 두었다. 설정을 마치고 이수에게 전화를 걸었다.

"나, 엄마랑 잘 해결됐어."

"어떻게 했는데?"

연주는 엄마와 주고받았던 대화며 시간 설정한 것을 말해주었다.

"그래서 이제부터 뭐 할 건데?"

연주는 글쎄, 하고 방을 훑었다. 책장에 꽂힌 책들이 눈에 들어왔다.

"오랜만에 책을 읽을까 해."

이수는 바로 코웃음을 쳤다. 연주는 두고 보라고 호기롭게 말하고 전화를 끊었다. 그리고 책장에서 책을 한 권 꺼내 쇼츠폼을 볼 때보다 더 꼼꼼히 읽어 내려갔다. 얼마 못 가서 졸음이 쏟아졌다. 연주는 침대에 벌러덩 누우며 중얼거렸다.

"그래도 십 분은 넘겼어."

📍 이수 이야기

그날 이후 윤희와 어색해졌다. 이수는 학교에서 수업 시간과 쉬는 시간에 몇 번이고 윤희 쪽을 힐끔댔다. 하지만 윤희는 이수에게 눈길 한 번 주지 않았다.

"둘이 싸웠냐?"

다른 친구들이 물어봤지만 이수는 어색한 웃음으로 넘겨

버렸다. 이틀 뒤 체육 시간이었다. 짝을 지어 줄넘기 연습을 하라는 담임의 말에, 이수는 윤희에게 성큼성큼 걸어갔다.

"나랑 같이 할래?"

윤희는 놀란듯 한발 물러섰다.

"친구 프라이버시를 침범하는 나랑?"

"그건……."

이수는 말을 하다 말았다. 괜한 말을 꺼내서 윤희를 자극할 것 같았다. 반 친구들이 둘의 눈치를 보면서 멀찍이 떨어졌다. 이수는 마음을 가다듬고 입을 뗐다.

"생각해 보니까 나도 네 프라이버시를 생각해 주지 않았더라고. 다른 사람 앞에서 창피를 주었잖아."

윤희는 화가 났다는 사실을 까맣게 잊은 채 의아한 표정을 지었다. 이수가 한 마디, 한 마디 힘주어 말했다.

"네 덕분에 내가 전학 와서 잘 적응할 수 있었어. 친구도 금방 사귀었고."

이수는 거기까지 말하고 윤희를 쳐다보았다. 윤희도 이수의 얼굴을 한참 동안 바라보았다.

"그래서 고맙다고 해야 했는데 그러지 못했어."

이수는 말을 마치고 윤희를 보았다. 윤희의 눈빛이 어떤 의미인지는 알 수가 없었다. 놀란 것 같기도 하고, 조금 감동한 것 같기도 했다. 윤희는 한참을 아무 말도 하지 않았다. 이수는 하는 수 없다고 생각하고 뒤돌아섰다.

"고마운 건 오히려 나야."

윤희의 말에 이수는 다시 고개를 돌렸다.

"사실 난 친구 사귀는 게 힘들어. 소심해서 먼저 말을 잘 걸지 못하거든."

뜻밖에도 윤희는 자기 이야기를 털어놓았다.

"전학 온 첫날부터 재미있고 당당한 네가 부러웠어. 그런데 네가 혼자 있는 나한테 말을 걸어 주더라고. 덕분에 다른 친구들도 생겨서 너무 좋았어. 너랑은 더 친해지고 싶어서 나도 모르게 그런 행동을 했나 봐. 그게 사생활을 침해하는 건지 몰랐어. 미안해."

"사과 타임이냐?"

담임이 다가와 둘의 진지한 분위기를 깼다. 반 친구들이 킥킥거렸다. 이수는 담임이 더 놀리기 전에 줄넘기를 풀었다.

"윤희 네가 숫자 세 줘. 나 먼저 해 볼게."

이수가 줄을 넘으려 하자 윤희가 급히 말했다.

"그러지 말고 나란히 뛰기 먼저 하자."

"어, 그래."

이수 옆으로 윤희가 섰다. 이수는 하나, 둘 하며 줄을 돌렸다. 윤희도 박자를 맞춰 줄을 돌렸지만 발이 줄에 걸리고 말았다.

"뭐야, 잘 좀 해 봐."

"네가 급하게 돌려서 그렇잖아."

"그런가?"

이수는 멋쩍게 웃었다. 윤희가 따라 웃었다. 이수는 윤희의 웃음소리가 자기와 많이 닮았다는 생각이 들었다.

"이번엔 잘 맞춰 보자."

이수는 그렇게 말하고 다시 줄을 돌렸다. 천천히, 윤희와 속도를 맞춰서 천천히.

사실 나도 그래

사회 숙제 때문에 우리 모둠은 윤석이네에서 모이기로 했다. 우리 지역의 역사 인물, 또는 유적을 조사해 다음 시간에 발표하는 숙제였다. 선생님은 다 같이 참여하지 않으면 점수를 주지 않을 거라고 했고, 제일 높은 점수를 받은 모둠은 남은 2학기 내내 원하는 자리에 앉게 해 준다고 했다.

"우아악, 실화야?"

"와아, 대박."

반 아이들은 선생님의 발언에 흥분을 감추지 못했다. 너 나 할 것 없이 의욕을 불태웠고, 생각만 해도 신나는지 자리에서 일어나 폴짝폴짝 뛰는 애들도 있었다.

저마다 원하는 자리가 있겠지만, 나는 물론이고 우리 모둠

이 원하는 자리는 뒷문 바로 옆자리이다. 수업 시간에 몰래 만화책을 볼 수 있으며, 좀 더 과감한 성격이라면 블록 조립도 가능한 꿀자리이기 때문이다.

"근데 순규 너, 아직도 키즈폰이지? 자료 검색은 어떡하지? 또 형한테 빌려 올 거야?"

순규가 뭐라고 말하려는데, 윤석이가 끼어들었다.

"그럼 발표할래?"

"그건 아니지. 정보 검색이 얼마나 귀찮고 힘든데 순규만 편하게 발표를 시킬 순 없지."

현재가 잽싸게 대꾸했다.

"편하다니. 발표가 얼마나 떨리는데."

현재와 윤석이가 티격태격하는 사이 순규의 표정이 점점 어두워졌다.

"나 좀 아파서……. 오늘 너네끼리 먼저 하면 안 될까?"

"어디가 아픈데?"

윤석이가 묻자 순규는 '그러니까, 그, 어어.'라는 말을 되풀이하다 입을 다물었다. 그러면서 나를 쳐다봤다. 나는 순규와 눈빛을 교환하다가 애들에게 고개를 돌렸다.

"사실 순규 말이야, 아파서 약 먹고 학교에 온 거야. 오늘은 우리끼리 먼저 시작하자."

현재와 윤석이가 내 말을 듣고 고개를 끄덕였다.

"끝나고 너희 집으로 갈게."

내가 속삭이자 알았다고 하며 순규가 돌아섰다. 나는 힘없이 걸어가는 순규의 뒷모습을 바라보았다.

일곱 살 때부터 순규와 나는 형제처럼 자랐다. 두 집 모두 부모님이 맞벌이라 어느 한쪽 부모님의 퇴근이 늦어지는 날이면 서로의 집에서 밥도 먹고 숙제도 했다.

나는 항상 순규 부모님이 늦기를 바랐다. 형제가 없어 심심한 나와 달리 순규는 일곱 살 많은 쌍둥이 형들이 있어서 항상 재미있는 일이 많았다. 1분 먼저 태어난 순영이 형은 핸드폰 게임을 하게 해 주었고, 1분 늦게 태어난 순민이 형은 숙제를 잘 도와주었다. 그러다 2년 전 순규 아빠가 갑자기 사고로 돌아가셨고, 우린 그 후로 더더욱 똘똘 뭉치게 되었다.

"우리 오늘은 윤석이네서 하지 말고 저기서 하자."

현재가 햄버거 가게를 가리켰다.

"그래, 그래."

누가 먼저랄 것 없이 앞다투어 햄버거 가게로 달려갔다. 입구에서 키오스크가 우리를 반겼다.

"나는 자리 맡아 놓을게. 불고기 버거 시켜 줘."

윤석이는 그렇게 말하고 2층으로 휙 올라갔다. 나와 현재는 키오스크로 가서 부리나케 불고기 버거 세트 2개와 불고기 버거 1개를 시키고 돌아섰다. 그때 한 할머니가 키오스크 앞에서 아주 난처한 표정을 짓고 있었다. 할머니 곁에 선 할아버지는 힐끔힐끔 사람들 눈치를 살폈다.

키오스크 화면을 가리키고 있는 할머니 손가락을 보니 뭐

가 문제인지 알 것 같았다.

"할머니, 개수 변경은 이거 누르면 돼요."

나는 메뉴 밑에 있는 마이너스 기호를 한 번 눌렀다. 메뉴가 2개에서 1개로 바뀌었다.

"아, 그거였네. 에이, 이렇게 쉬운 걸……."

할아버지가 한숨을 내쉬었다.

"아유, 고마워."

할머니가 연신 고맙다고 말했다. 나는 괜찮다고 손을 젓고 현재와 햄버거를 받아 2층으로 올라갔다.

윤석이가 감자튀김을 우물우물 씹으면서 물었다.

"키오스크 불편하지 않나?"

"뭔 소리야. 편하지."

현재가 대답했다. 윤석이가 고개를 갸우뚱하며 되물었다.

"편하다고?"

현재는 대답 대신 고개를 끄덕였다.

"아니거든. 생각보다 쩔쩔매는 사람들 많거든. 우리 엄마만 해도 글씨가 작아서 잘 안 보인다고 했고, 다리가 불편해 휠체어를 타는 고모는 키오스크가 높아서 사용하기 힘들대."

"아, 그럴 수도 있겠구나."

현재와 윤석이는 진지한 표정으로 이야기를 주고받았다. 그러다 문득 현재가 상체를 앞으로 숙였다.

"좀 전에 할머니랑 할아버지 보는데 집에서 처음 원격 수업 했을 때 생각나더라."

나는 햄버거를 꿀꺽 삼키고 현재에게 물었다.

"코로나 때 온라인 수업했던 거 말이야?"

"응. 그때 우리 집 난리도 아니었거든."

지금은 교실마다 태블릿 피시가 학생 수만큼 있지만, 그때 는 아니었다. 나는 원격 수업이 시작되었던 때를 떠올리며 천 천히 말했다.

"스마트 기기가 없는 애들이 생각보다 많아서 첫 수업이 엉 망이 되었잖아."

내 말에 윤석이도 "맞아, 맞아." 하며 고개를 끄덕였다.

"맞아. 내 동생이 그랬어. 나는 스마트폰이라 괜찮았는데 동 생은 아직 키즈폰이라 수업 프로그램을 깔지 못했거든."

"집에 컴퓨터 있잖아."

"있었는데, 오래된 거라 수업 프로그램이 설치가 안 되는

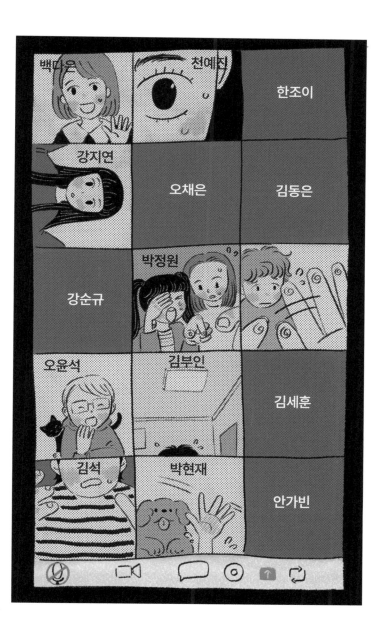

거야. 아무튼 그날 이후 엄마가 노트북 사 줬어."

현재는 얘기를 마치고 콜라를 벌컥 들이켰고 윤석이는 나를 쳐다보았다.

"너랑 순규는 어땠어?"

나는 잠시 머뭇대다 현재네와 비슷했다고 대답했다. 그 당시 나는 스마트폰이 있었고, 순규는 형들 걸 같이 사용했다.

"그런데 순규는 왜 아직 키즈폰을 쓰지?"

나는 현재의 물음이 무엇을 의미하는지 정확히 알았다. 모둠 숙제 때문이었다. 윤석이가 끼어들었다.

"그러게. 나 같으면 바로 바꿔 달라고 했을 텐데."

"엄마가 바꿔 준다고 해도 순규가 중학교 가면 쓰겠다고 했어. 그래도 괜찮다고."

다른 이유는 굳이 말하지 않았다. 대신 아까부터 하고 싶었던 말을 꺼냈다.

"있잖아, 우리 모둠은 인터넷으로 검색하지 말고 정약용 생가 직접 가서 조사하는 거 어때? 버스 타고 가면 금방이잖아."

"굳이?"

현재가 어처구니없어했다.

"순규 빼고 우리끼리 준비하면 되는데 뭐 하러? 순규만 다른 거 하면 되지."

현재의 말에 나는 바로 반박했다.

"선생님 말씀 잊었어? 다 같이 해야 점수를 준다고 했잖아."

"현재야, 그러지 말고 직접 가서 조사하자. 동은이 말대로 버스 타면 금방이잖아. 아무도 직접 가지 않을 거니까 분명 점수가 잘 나올 거야."

웬일인지 윤석이도 찬성했다.

"아, 몰라."

현재는 아직 불만이 있는 듯했다. 에휴, 그깟 인터넷 검색이 뭐라고. 이런 상황을 알면 순규는 무슨 생각을 할까.

우린 잠시 아무 말도 하지 않았다. 누군가 먼저 말을 꺼내기를 기다리는 듯한 어색한 분위기였다. 그때 내 머릿속에 좋은 생각이 떠올랐다.

"아, 그럼 도서관 가자. 책도 찾아보고 디지털실에서 컴퓨터로 조사할 수 있잖아. 내일 예약하고 다 같이 가자."

"그래, 그러자."

윤석이가 박수를 짝, 치며 동의했다. 현재도 뭐라고 말하려다가 도로 꾹 밀어 넣고 대답했다.

"그래, 알았어."

햄버거 가게에서 나오면서 나는 순규에게 도서관 디지털실에서 숙제를 하기로 했다고, 조금만 기다리라고 문자를 보내고 걸음을 서둘렀다.

순규네 집엔 순영이 형과 순민이 형이 있었다.

"어, 형들 이 시간에 왜 집에 있어?"

내 물음에 순영이 형은 중간고사라고 대꾸하고 취조하듯 물었다.

"김동은, 너 우리한테 할 말 없어?"

"응? 딱히 할 말 없는데. 아, 형들, 머리 파마했어? 잘 나왔다. 너무 잘 어울려."

나는 말꼬리를 돌렸다.

"아닌데. 우리 원래 곱슬머리인데."

"어, 그랬나?"

나는 머쓱하게 웃었다. 이번엔 순민이 형이 말했다.

"집에 와 보니 우리 집 막내가 방에 콕 박혀 한숨을 푹푹 쉬고 있더라고. 무슨 일인지 물어도 대답도 안 하네. 동은이 너, 아는 거 있지?"

나는 망설이다 형들에게 모둠 숙제에 대해 말했다. 형들은 순규가 한숨을 쉴 만하다며 고개를 끄덕였다. 순민이 형이 다시 입을 뗐다.

"모둠 과제라서 눈치를 보는 거지. 민폐 같아서 말이야."

"소외받는 느낌도 들 거야. 모바일 게임도 안 해서 대화가 안 통하겠지."

순영이 형의 말이 끝난 순간, 나는 햄버거 가게에서 키오스크 사용법을 몰라 난처해했던 할머니와 할아버지가 떠올랐다.

"그러면 점점 멀어지겠네."

나도 모르게 중얼거리고 있는데 현재에게 톡이 왔다.

> 있잖아, 그냥 정약용 생가 가자.

윤석이도 알아?

> ㅇㅇ. 너 가고 다시 얘기함.

ㅇㅋ

나는 순규 방으로 들어가서 톡을 보여 주었다. 순규가 살며시 웃으며 나를 바라보았다.

햇볕이 쨍쨍한 날이라 버스에서 내리자마자 뺨이 후끈해졌다. 햇빛에 땀이 반사되어 순규 이마가 반짝 빛났다.

"오, 현재 먼저 와 있었네."

현재는 정약용 생가 앞 풀밭에 앉아 고개를 푹 숙이고 게임을 하고 있었다.

"윤석이는?"

고개를 든 현재가 손가락으로 우리 뒤를 가리켰다. 윤석이가 헐레벌떡 뛰어오고 있었다.

"약속한 거 다들 가져왔지?"

내 말에 우리는 각자 가방을 열고 준비물을 늘어놓았다. 바로 필기도구와 공책이었다. 어젯밤, 이왕 이렇게 하는 거 핸드폰 없이 해 보자는 의견이 모였다. 박물관에서 필요한 설명을 공책에 적어 오고, 부족한 내용만 도서관 디지털실에서 검색하기로 했다.

"좋아. 가자."

우린 다 같이 정약용 생가 안으로 들어갔다. 땀도 식힐 겸 기념관으로 먼저 갔다. 기념관 앞에 유적지 설명을 오디오 가이드로 듣고 싶으면 큐아르 코드를 스캔해 오디오 애플리케이션을 설치하라는 안내문이 있었다.

"어딜 가나 디지털이라니까."

윤석이가 말했다.

"저런 거 생긴 지 꽤 오래됐잖아. 박물관에도 있고 도서관에도 있고."

내 말에 다들 고개를 끄덕였다.

배우의 목소리로 듣는
정약용 유적지
오디오 가이드

무료 오디오 가이드

이용 방법

뿔뿔이 흩어져 기념관 조사를 마치고 실학 박물관으로 갔다. 마침 정약용 선생님이 유배지에서 쓴 시와 편지를 전시하고 있었다. 우린 놓치지 않고 가져온 공책에 내용을 적었다. 오랜만에 적으려니까 손이 저린지 모두 손을 오므렸다 펴기를 반복했다. 마지막으로 거중기 모형 앞에서 메모를 했다.

그러는 사이 우린 핸드폰의 존재를 잊었다. 그건 도서관에 와서도 마찬가지였다. 예약해 둔 자리에 나란히 앉아 보충할 자료를 검색하는데, 굉장히 중요한 일을 하는 어른이 된 느낌이 들었다. 애들도 그런지 꽤 진지한 표정으로 검색을 했다.

모둠 숙제를 모두 끝내고 우리는 학교 앞에 있는 공원으로 갔다. 날이 좋아서인지 공원은 사람들로 북적였고, 특히 놀이터는 어린아이들과 부모들이 뒤섞여 시끌벅적했다. 그 모습을 보며 순규가 할 말이 있는 듯 우리와 차례대로 눈을 맞추더니 천천히 이야기를 시작했다.

"실은 내 핸드폰, 아버지에게 받은 마지막 선물이야. 아버지가 돌아가시기 며칠 전에 사 주신 거라서 스마트폰으로 바꾸고 싶지 않았어. 뭐, 중학교에 가면 어쩔 수 없이 바꿔야겠지만 그때까지는 이걸 쓰고 싶어."

"그런 일이 있었구나. 그런 줄도 모르고……. 미안해."

현재가 순규를 힐끔 보았다.

"그래, 좀 눈치를 주긴 했지."

윤석이는 빙글빙글 웃었다.

"치이, 나만 그랬나!"

현재가 윤석이를 쏘아보았다. 그 모습을 본 순규는 웃음을
터뜨렸다. 나는 조금 놀랐다. 순규가 나 외에 누군가에게 속마
음을 말하는 게 이번이 처음이었다.

"야, 그러지 말고 문구점 가자. 너무 열심히 했는지 볼펜이
다 닳았어."

윤석이가 말했다.

"그래, 그러자."

내가 먼저 일어서자 다른 애들도 일어섰다. 무인 문구점에서 각자 필요한 문구류를 고르고 있는데 윤석이가 슬쩍 순규한테로 갔다.

"나, 사실은 여기 무인 문구점에서 실수로 볼펜 삼십 개를 찍은 적 있다. 세 개를 샀는데 삼십 개가 찍혀서 완전 당황한

거 있지."

순규가 의아한 표정으로 윤석이를 응시했다.

"그래서 어떻게 했는데?"

윤석이는 쩝 소리를 내고 대답했다.

"계산도 하지 않고 그냥 다 두고 나왔지, 뭐."

윤석이의 말을 듣고 있던 현재가 손가락을 튕겼다.

"아, 그래서 키오스크가 불편하다고 했구나."

윤석이는 고개만 끄덕였다. 내가 흐흣, 소리를 내며 웃었다. 그때 현재가 우리 눈치를 보며 슬며시 입을 뗐다.

"사실, 나는 클래스팅이나 학원 원격 수업 들어갈 때마다 헷갈려서 처음엔 엄마가 다 해 줬어. 물론 지금은 잘하지만."

"엥? 그게 뭐 어렵다고."

윤석이가 황당해하는 얼굴로 현재를 바라보았다.

"네가 할 말은 아닌 것 같은데?"

윤석이는 또 쩝 소리를 내고 자기가 고른 볼펜과 공책을 계산대에 놓았다. 그러자 우리 모두가 약속이나 한듯 윤석이를 쳐다보았다.

"나도 지금은 잘하거든."

"그래? 그럼 내 것도 해 봐."

"내 것도."

"내 것도."

나와 순규, 현재가 계산대에 각자 고른 문구를 우르르 놓았다. 윤석이가 어이없다는 듯 웃자 현재가 따라 웃었다. 나와 순규도 웃었다.

무인 문구점에서 나온 우리는 서로의 가쁜 숨소리를 들으며 도로를 내달렸다. 높고 푸른 하늘 아래, 저 멀리 펼쳐진 구름을 가리키며 순규가 "1등을 향해!"라고 소리쳤다.

"그래, 일 등!"

내 목소리가 그 뒤를 바로 쫓았다.

나, 슈퍼 우먼이거든

"야, 슈퍼 우먼!"

힘없이 학원에서 나오고 있는데 누군가 내게 말을 걸었다.

"맞네. 육 반 이지유. 무슨 생각하는데 불러도 모르냐?"

그 애는 내 앞에 서더니 대뜸 자기소개를 했다. 자기는 나와 같은 학교인데 5학년 2학기에 전학 왔으며, 바로 옆 동에 살고 있다고 했다.

"가끔 점심시간에 널 본 적 있어. 그때마다 네가 여자아이를 괴롭히는 남자아이들을 혼내거나, 쫓아가서 사과를 받아내더라. 그래서 네 별명이 슈퍼 우먼이잖아."

"어, 그래?"

기억이 안 나는 척했지만 실은 내가 했던 행동들이다. 하지

만 그건 예전의 내 모습이다.

"왜 그래? 무슨 일 있어?"

내 모습이 다소 침울했는지 그 애가 물었다. 나는 아니라고 대답하고 이름을 물어봤다.

"동수야. 박동수."

"박동수? 동수라고?"

이름이 왠지 낯설지 않아 여러 번 곱씹어 보았다.

"근데 왜 혼자 가? 맨날 같이 다니던 친구들은?"

내가 복잡한 표정을 한 채 대답이 없자 동수는 진짜 아무 일도 없냐고 재차 물었다.

뭐지, 이 다정함은? 나는 하마터면 그 일을 말할 뻔했다. 하지만 이내 정신을 차리고 친구들 이야기를 했다. 남친이 생기고 달라진 친구들에게 느낀 배신과 슬픔, 분노를 쏟아 냈다.

"지유야, 네 친구들은 우정이 뭔지 모르는 애들이야. 그런 일로 너무 마음 쓰지 마. 너만 손해야."

"맞아. 나만 손해야."

동수의 속 깊은 위로에 그렇게 대답은 했지만 사실은 나만 빼고 남친이 있는 친구들이 부러웠다. 그래서 그 일도 생긴 거고……

"아, 참! 며칠 후면 네 생일이지?"

"마, 맞아. 어떻게 알았어?"

"어제 너희 엄마가 우리 집에 왔을 때 네 생일 얘기 하는 거 들었어."

이건 또 뭔 소리야? 나는 동수를 가만히 바라보았다.

"아, 엄마들끼리 고등학교 때부터 베프야. 몰랐어? 우리 어렸을 때 만난 적도 있잖아."

엄마들이 베프라고? 아, 그러고 보니 얼마 전에 엄마 친구가 이사 왔다고 했는데 얘네 집인가 보네. 어쩐지 이름이 낯설지 않더라니.

"근데 우리 엄마가 뭐래?"

내 물음에 동수는 곰곰이 생각하더니 대답했다.

"네가 피노키오 월드 아바타를 꾸며야 한다면서 생일선물을 돈으로 달라고 한다, 피노키오 월드에 좋은 사람들도 있겠지만 나쁜 사람들도 많을 텐데 네가 그런 사람들에게 걸려들까 봐 걱정된다, 뭐 그런 이야기들이었어."

나는 속으로 뜨끔했지만 아닌 척하고 말했다.

"나쁜 사람들은 내가 딱 알지. 나한테 이상한 짓 하면 바로 신고할 거야."

"그래, 너라면 그러고도 남지. 어릴 적부터 용감했으니까. 지금도 그렇지만."

'어릴 적이잖아. 지금은 그렇게 용감하지 않아.'

나는 고개를 푹 숙였다.

어느새 집으로 가는 갈림길에 다다랐다. 동수가 뭔가 말하려는 듯 입술을 달싹이다가 다물었다.

"혹시 할 말 더 있어?"

내가 슬쩍 묻자 기다렸다는 듯 동수가 대답했다.

"응. 생일날 나랑 떡볶이 먹으러 갈래?"

"그날 가족이랑 밥 먹기로 했어."

일단 거절했다.

"아, 그러겠다. 그럼 다음 날은?"

"그날도 안 되는데."

"왜?"

"우리가 그럴 사이까지는 아니잖아."

"아, 미안……."

동수의 목소리가 축 가라앉았다.

어릴 때도 만난 사이인데 된다고 할 걸 그랬나? 아니야. 나는 머리를 흔들었다. 요즘 누군가를 믿고 마음을 열 때 수십 번도 더 생각해야 한다는 걸 뼈저리게 느끼고 있는 중이잖아. 안 돼.

그때 핸드폰이 울렸다. 피노키오 월드에서 온 알람이었다. 하지만 기다리던 연락은 아니었다.

2학기가 되자마자 내 친구들에게 심상치 않은 일이 일어나기 시작했다. 남자친구가 생긴 것이다. 배신자라고 분노하던 현아마저도 갑자기 커플링을 끼고 나타나더니 다른 친구들처럼 답장은커녕 내 톡을 읽지도 않고 있다.

정신을 차려 보니 한순간에 나는 혼자가 되었고, 생일은 점점 다가오고 있었다. 계획했던 생일파티는 물론, 받고 싶었던 생일선물도 물 건너가기 일보 직전이었다. 초조함 때문이었을까? 그러다 문제가 생기고 말았다.

나는 친구들 사이에서 한창 유행하던 '피노키오 월드'라는 가상 공간에 뒤늦게 가입했다.

"가상 공간에서 만난 친구가 무슨 친구냐?"

다른 애들이 한참 빠져 있을 때도 핀잔을 주면서 가입하지 않았는데 친구들이 멀어지니 심심해서 그만 가입을 하고 말았다. 접속하기가 무섭게 누구인지 모를 사람들한테 쪽지가 여러 개 왔다. 대부분 이상한 내용이어서 무시해 버렸는데 어느 날 '친구 하자.'라는 쪽지가 왔다. 단순한 그 말 한마디가 내 마음을 흔들었다.

나는 쪽지를 보낸 사람이 너무 궁금해서 얼른 내 방으로 들어가 문을 잠갔다.

슈퍼 우먼 안녕?

제이슨 안녕, 네 이름 멋지다.

슈퍼 우먼 어, 그래? 고마워.

제이슨 혹시 네 생일 x월 x일이야?

슈퍼 우먼 맞아, 그날이야.

제이슨 그럼 생선 미리 줄까?

슈퍼 우먼 생선? 우리 지금 만났잖아. 좀 부담스럽다.

제이슨 친구 하기로 했잖아. 그냥 받아 줘.

어떡하지? 받을까? 제이슨이 보낸 코인은 무려 5만 원이었다. 나는 망설이다 결국 제이슨이 준 코인을 받았다. 제이슨에게 다시 쪽지가 왔다.

> **제이슨** 고마워. 난 중3이야. 특목고 준비하느라 잠을 제대로 못 자. 수학이 약해서 수학에 올인 중이고.

나는 그제야 제이슨의 아바타를 자세히 살펴보았다. 동그란 얼굴과 길게 늘어뜨린 앞머리에 노란색 반소매 티셔츠를 입은 아바타의 등판에는 숫자 10과 제이슨이라는 이름이 적혀 있었다. 공부하면서 틈틈이 운동도 하는구나. 축구를 좋아하나? 아니면 농구? 배구인가?

제이슨은 다정했다. 뭐 하고 지내는지, 추워지는데 옷은 잘 입고 다니는지, 밥은 잘 먹었는지, 학원 공부는 잘하고 있는지 내 일상을 끊임없이 궁금해했다. 나는 정성스럽게 제이슨에게 답장을 보냈다. 제이슨을 만난 지 얼마 안 됐는데 나를 아껴주고 좋아해 주는 친구를 만난 것 같아 기분이 너무 좋았다.

그날부터 피노키오 월드에서 제이슨과 매일 만났다. 도서

관에 가서 제이슨이 추천해 준 책을 읽기도 하고, 공원에서 음악도 같이 들었다. 쇼핑센터에서는 제이슨이 내가 좋아하는 음식이나 옷을 사 주기도 했다. 피노키오 월드에 가입하고 몇 번 와 봤던 곳인데도 제이슨과 함께여서인지 마치 처음 온 것처럼 새로웠다.

그렇게 제이슨과 친구가 된 어느 날이었다. 제이슨이 음성 채팅을 걸더니 시험공부가 힘들다며 우울해했다. 나는 공부가 인생의 전부는 아니라고 달래 주었다. 제이슨은 그런 말은 도움이 안 된다며 느닷없이 손을 내밀더니 손등에 입을 맞춰 달라고 했다. 그러면 힘이 날 것 같다나.

"그래, 알았어."

가상 공간인데 어때, 하는 생각에 나는 제이슨의 손등에 입을 맞춰 주었다. 제이슨은 하늘을 날아갈 것 같다며 시험 끝나고 보자고 했다.

그런데 그날 이후로 제이슨은 이상한 요구를 하기 시작했다. 시도 때도 없이 뽀뽀를 해 달라고 하질 않나, 뜬금없이 손이랑 발을 찍어서 보내 달라고 했다.

내가 "왜?" 하고 물어보면 제이슨은 귀여운 네 손이랑 발을 보면 힘이 날 것 같다고 얼버무렸다. 나는 손, 발쯤이야 하고 사진을 보냈다.

"입술도."

"입술 사진도?"

"아니. 내 입술에 뽀뽀해 달라고."

공부를 잘하는 모범생이고, 현실 세계도 아닌데 괜찮겠지 생각했는데 이건 아니다.

"싫어."

"싫다고? 진짜도 아닌데 어때."

"그래도 싫어."

아무리 가상 공간이라도 해서는 안 된다고 거듭 생각했다.

"나는 너한테 아낌없이 다 줬는데 너는 나를 그저 그런 친구로 생각하지? 그치?"

갑자기 거칠게 몰아붙이는 제이슨의 목소리에 놀라서 가만히 있었다.

"치이, 그런가 보네. 알았어. 네가 나를 그렇게 생각하다니. 우리 끝내자."

"끝내자고? 그게 무슨 말이야?"

제이슨은 내 말에 대답하지 않고 피노키오 월드에서 나가 버렸다.

"아, 잠깐만!"

어쩌지. 그냥 해 줄 걸 그랬나? 애써 사귄 친구를 잃은 것만 같아 속상했다.

여기까지가 지난 2주 동안 있었던 일이다. 그 뒤로 제이슨 은 내게 어떤 연락도 하지 않았다. 벌써 3일이나 내가 보낸 쪽 지에 답이 없어서 초조했다. 그때 동수가 슈퍼 우먼이라고 부 르며 말을 걸어 온 거다. 제이슨에게 쩔쩔매고 있을 때라 슈퍼 우먼의 의미가 생소하게 느껴졌다.

그런데 오늘 갑자기 제이슨에게 쪽지가 왔다.

제이슨 그동안 잠수 타서 미안. 깜짝 이벤트를 준비했으니까 내 비밀 계정으로 와.

순간 나도 모르게 마음이 사르르 풀리고 말았다. 그럼 그렇 지. 내 생일에 깜짝 발표를 하기 위해서 나를 서운하게 만든

거였어. 나는 바로 초대를 수락하고 제이슨의 비밀 계정으로 들어갔다.

웃고 있는 제이슨 손에 커다란 꽃다발이 들려 있었다. 천천히 다가서는데 제이슨이 갑자기 내 입술에 입을 맞췄다.

제이슨 우리 사귀자. 네 생일에 고백하려고 했는데 미리 할래.

슈퍼 우먼 뭐 하는 짓이야!

제이슨 사진도 안 보내고 키스도 안 해 주는데 어쩌라고? 아, 그러지 말고 네 생일에 직접 만나자.

슈퍼 우먼 만나자고?

제이슨 만나서 진짜로 키스를 해 주면 너무 좋을 것 같아.

슈퍼 우먼 뭐래? 미쳤어?

제이슨 미쳤어? 나보고 미쳤다고 했어? 이게 어디서 막말을 하고 난리야. 야! 너 이제껏 받은 코인이랑 선물 다 토해 내. 만약 토해 내지 않으면 집이랑 학교로 내가 찾아갈 거야. 네 주소 다 알거든.

갑자기 일어난 일이라 나는 당황한 채로 아무런 대꾸도 하지 못했다. 심장박동이 순식간에 커졌다. 머리 꼭대기까지 심장 소리가 울리는 느낌이었다. 제이슨에게 내 심장 소리가 전해질 리 없는데도 감추기 위해 몇 번이고 심호흡을 했다. 제이슨을 너무 믿은 내가 한심하다고 생각하던 찰라, 핸드폰이 울렸다. 깜짝 놀라 열어 보니 동수였다.

처음 만났던 날 동수가 떡볶이를 먹자고 한 제안을 거절한 게 마음에 걸려 집에 가자마자 엄마에게 부탁해 동수 번호를 받았다. 그 후 동수와 연락을 주고받았고, 학원 끝나고 만나서 게임을 하거나 떡볶이를 먹곤 했다.

슈퍼 우먼, 네 생일날에도 떡볶이 먹으러 가는 거 알지?

'슈퍼 우먼'이라는 글자만 확대되어 보이더니 순식간에 내 안으로 강력한 힘이 전달되었다.

"그래, 맞아. 나 슈퍼 우먼 이지유잖아."

나는 엄마 아빠를 부르려고 벌떡 일어섰다. 그 순간, 낌새를 알아챈 제이슨이 자기 방에서 나가 버렸다. 나는 황급히 다시 앉아 핸드폰을 열고 숫자 버튼을 눌렀다.

생일날, 나는 동수와 학원 앞 분식집에서 만났다. 주문한 떡볶이를 기다리고 있는데 동수가 상자 하나를 쓱 내밀었다.

"뭐야?"

나는 상자를 열었다. 한눈에 봐도 동수가 직접 만든 초콜릿이었다. 별 모양 초콜릿을 입에 넣자마자 동수가 물었다.

"어때?"

"너무 맛있어."

동수가 활짝 웃었다. 그사이 주문한 떡볶이가 나왔다. 한동안 떡볶이 먹는 소리만 이어지는 가운데 동수가 포크를 내려놓았다.

"너, 경찰한테 나쁜 사람 신고했다며?"

켁! 떡볶이가 목에 걸리고 말았다. 나는 겨우 떡볶이를 넘겼다.

"누가 그래? 설마 엄마가 또 말했어?"

동수는 큰 비밀이라도 누설하는 듯 목소리를 한껏 낮췄다.

"엊저녁에 너희 엄마가 우리 집에 와서 그러시더라. 피노키오 월드에서 만난 제이슨인가 제길슨인가 아무튼 그 나쁜 놈을 신고했다고. 경찰서에서 조사도 받고 이틀 동안 별일 다 있었다고. 그리고 혼자 마음고생이 심했을 네 생각을 하니 너무 미안하다고 했어."

그랬다. 엄마 아빠는 제이슨에게 크게 분노하며 나를 다독이고 위로해 주었다.

"사실 경찰서 가는 게 너무 두렵고 무서웠는데 엄마가 힘을 많이 줬어. 아빠는 엄청나게 욕을 해 줬고. 요즘 이런 나쁜 놈들이 너무 많아졌고 수법이 다양해서 당할 수밖에 없다고. 그러니 내 잘못 아니라고."

동수는 고개를 끄덕였다.

"응, 맞아. 오히려 피해 입은 사람만 신상이 공개돼서 이차 가해를 당하잖아. 잘 알지도 못하면서 바보같이 왜 당하냐고 하는 거 진짜 어이없어."

동수는 콧김을 팍 내뱉고 식은 떡볶이를 질겅질겅 씹었다. 그때 문득 생각난 게 있어 급히 입을 뗐다.

"있지, 피노키오 월드 같은 온라인에 위장한 경찰들이 많이 숨어 있는데 나쁜 짓을 벌이는 사람들과 대화하며 범죄 증거를 수집해서 딱 잡는대. 그러면서 다시 제이슨을 만나거나 비슷한 사람이 접근하면 바로 연락해 달라고 하더라고. 대부분 정체를

바꿔서 다시 활동하니까 운이 좋으면 또 만날 수도 있대."

"와아, 그걸 운이 좋다고 하네. 그럼 너도 잠복 수사를 하는 셈이네."

"뭐, 그런 셈이지."

"역시 멋지다, 슈퍼 우먼. 그래서 내가 널 좋아하지만."

"뭐래. 떡볶이나 먹어."

동수가 계속 간질간질한 소리를 해서 괜히 정색하고 말았다. 그래도 기분이 좋은 건 어쩔 수 없는지 자꾸만 비실비실 웃음이 새어 나왔다.

나를 따라 웃는 동수를 보고 또 한 번 깨달았다. 가상 공간 속 아바타는 상대방이 원하는 모습으로 맞춰 가며 거짓으로 행동한다는 걸. 돌이켜 보면 나 역시 그걸 모르지 않았지만 애써 눈을 감고 있었다. 그래서 동수처럼 곁에 있는 진짜 친구를 보지 못했다.

"아무튼 고마워. 동수 네 덕분이야."

"내가 뭘."

동수가 멋쩍게 웃었다.

며칠 동안 나는 아이디를 바꾸고 피노키오 월드를 돌아다 녔다. 새로 생긴 사탕 가게에 들어갔을 때 익숙한 아바타가 보였다. 동그란 얼굴과 길게 늘어뜨린 앞머리에 노란색 반소매를 입은 아바타였다. 그 아바타의 등판에는 숫자 10과 배트맨이라고 적혀 있었다. 제이슨이라는 직감이 왔다.

  '배트맨, 넌 끝이야.'

  나는 핸드폰을 들어 숫자 버튼을 꾹꾹 눌렀다.

수진
한철이 프사 봄?

정연
누가 보면 축구 신동인 줄.

태현
근데 축구화 너무 구리지 않냐?

수진
또 어디서 얻어 신었겠지.

민식
그럼 축구 신동이 아니라 거지네.

수진

ㅋㅋㅋ

정태
거지 ㅋ

오늘도 수진이가 나를 단톡에 초대했다. 나는 자기네끼리 주고받은 글을 읽다 단톡에서 나갔다.

그런데 수진이가 다시 나를 단톡에 불렀다. 나는 '단톡 금지잖아.'라고 쓴 뒤 핸드폰을 닫아 버렸다. 바로 핸드폰이 울리기 시작했다. 또 한 번, 그리고 또 한 번. 자기네들끼리 숫자를 하나씩 보내는 바람에 알람이 쉴 새 없이 울렸다. 핸드폰 전원을 꺼 버렸다. 검은 화면에 내 얼굴이 비쳤다. 미간이 잔뜩 구겨지고 짜증이 난 표정이었다. 나는 가방끈을 부여잡고 학교로 향했다.

교실에 들어서자마자 뭔가 심상치 않은 기운을 느꼈다. 반 애들이 당장이라도 웃음을 터뜨릴 것 같은 얼굴로 나를 바라보았다.

"애들아, 한철이가 왔으니 축구화 누구한테 얻어 신었는지 물어볼까?"

태현이가 비아냥거렸다. 몇몇 애들이 참았던 웃음을 터뜨렸다.

"얻어 신은 거 아니거든."

내가 발끈하자 수진이가 갑자기 이상한 말을 꺼냈다.

"아하, 그럼 뺏어 신었나? 너 예전 학교에서 애들 돈 뺏고 다녔다며?"

웃고 있던 애들이 순식간에 놀란 얼굴을 했다.

"아냐. 나 그런 적 없어!"

나는 바로 반박했다.

"거짓말하고 있네."

태현이가 나를 힘껏 밀었다.

"거짓말 아니야."

나도 지지 않고 태현이를 밀었다. 그런데 태현이가 갑자기 코를 감싸 쥐었다. 하필 넘어지면서 책상 모서리에 코를 부딪친 거다.

"어, 피 나!"

수진이가 소리치자 주위에 있던 애들이 몰려들었다. 그때 담임 선생님이 교실로 들어왔다.

"무슨 일이니?"

"한철이가 밀어서 책상에 부딪쳤어요."

수진이 말에 담임은 태현이 코를 살폈다. 담임이 수진이에게 말했다.

"태현이 데리고 보건실 갔다 와."

"네."

수진이와 태현이가 보건실로 가다가 나를 돌아보았다. 나와 눈이 마주친 둘은 씩 웃고는 다시 뒤돌아 걸어갔다. 담임이 나를 보며 물었다.

"어떻게 된 일이야?"

나는 대답하지 못했다. 벌겋게 부은 태현이 코를, 그리고 이 상황을 어떻게 설명해야 할지 몰랐다. 담임이 반 애들을 돌아보았다. 자초지종을 얘기해 줄 사람을 찾는 듯했다. 하지만 모두 눈을 내리깔고 담임의 시선을 피했다. 곧 1교시 시작종이 울려 담임은 더이상 묻지 않았다.

내 자리로 돌아가니 앞자리 정태가 슬쩍 물었다.

"돈 뜯은 거…… 사실 아니지?"

나는 고개를 크게 끄덕였다. 정태가 그렇게 물어봐 주어서 하마터면 눈물이 나올 뻔했다.

1교시가 끝나고 담임이 내 곁으로 다가왔다.

"한철아, 수업 끝나고 연구실로 좀 올래?"

"네."

"그래, 이따 보자."

담임이 나가고 바로 수진이와 태현이가 교실로 돌아왔다. 나는 수진이를 곧게 쏘아보았다. 수진이도 마찬가지였다. 태현이가 숨 쉬는 것조차 잊고 나와 수진이를 번갈아 보았다. 별안간 수진이가 흐느끼며 내 시선을 피했다. 그러고는 반 애들을 향해 크게 소리쳤다.

"쟤 눈빛 봐. 돈 뺏는 애라 그런지 역시 무서워."

"와아, 조만간 우리 돈도 뺏는 거 아냐?"

기다렸다는 듯 태현이가 나섰다.

"도대체 나한테 왜 이래!"

나도 모르게 소리를 질렀다. 순간 반 분위기가 차갑게 얼어붙었다. 태현이는 때를 놓치지 않고 내게 쏘아붙였다.

"그러니까 왜 나서냐고."

그 말의 의미를 알아챈 애들이 곧바로 경미 쪽으로 고개를 돌렸다. 불현듯 그날이 떠올랐다.

한 달 전, 단톡에서 경미의 별명은 '몬스터'였다. 덩치가 커 큰 옷만 입고 다녀서 붙은 별명이었다. 누군가 '몬스터'라고 쓰기만 해도 반 애들은 'ㅋㅋㅋㅋ' 쓰기 대회를 열었다. 나도 그중 하나였다. 그 누구보다 큰 소리로 그 누구보다 먼저 웃었고, 마치 그런 애들의 생각에 완벽히 동의하는 것처럼 굴었다. 그렇게 하면 내가 그 자리에 놓이지 않을 거라고 믿었기 때문이다.

하지만 놀림에 동참한 날은 물 먹은 스펀지처럼 몸이 무거웠다. 어디를 가든 무엇을 하든 답답했다. 견디다 못한 어느 날, 나는 단톡에다 '이런 거 그만하자.'라고 썼다. 그러자 경미를 괴롭혔던 말이 사라졌다.

"요즘 주제 파악을 못 하고 영웅 놀이 하는 애가 있다며? 그게 누구일까?"

태현이의 그 말을 시작으로 경미 자리에 내가 들어갔다. 아이들은 경미에게 했던 대로 노골적으로 나를 싫어하는 티를 냈다. 나는 점점 주제 파악을 못 하고 영웅 놀이나 하는 애가 되어 갔다.

수업이 끝나고 연구실로 갔다. 내가 의자에 앉자 담임이 내 앞으로 다가왔다.

"아까 무슨 일이 있었는지 말해 줄래?"

무엇부터 말하면 좋을까. 누군가 손으로 내 입을 막기라도 한 것처럼 말이 나오지 않았다.

"그래, 말하기 곤란하겠지. 나한테 말했다간 고자질쟁이라고 애들이 더 뭐라고 할 테니까."

내가 여전히 대답을 피하자 담임이 조심스러운 말투로 물었다.

"한철아, 너 혹시 위 클래스 상담실 아니?"

"네, 고민 같은 거 들어주는 곳이잖아요."

"맞아. 그래서 말인데 내게 말하기 힘들면 위 클래스에 가보면 어때? 거기 계시는 상담 선생님이 친구끼리 사소한 다툼도 상담을 잘해 주시거든."

담임은 내 눈을 바라보며 말을 이었다.

"사실 지금 네 상황이 짐작은 가는데 네가 직접 말해야 더잘 도와줄 수 있어. 물론 고백하기가 쉽지 않을 거야. 나도 그런 적 있어. 부모님께는 차마 입이 떨어지지 않고, 도와달라고 말할 친구도 없어서 막막했던 적 말이야. 너도 애들이 더 괴롭힐까 봐 두려운 거잖아. 그런데 한철아, 네 주위엔 도움을 줄수 있는 어른들과 전문가들이 있어."

담임은 말을 마치고 내가 대답할 때까지 기다렸다. 나는 한 참만에 입을 열었다.

"갈게요."

담임이 빙긋 웃더니 위 클래스 선생님과 통화를 했다.

"지금 와도 된다고 하시니까 얼른 가 봐."

나는 담임에게 인사를 하고 연구실에서 나왔다. 핸드폰을 켜 보니 30개도 넘는 톡이 올라와 있었다.

화들짝 놀라 열어 보니 단톡방에 투표하라는 투표 공지가 떠 있었다. 투표 내용은 '우리 반에서 제일 이중적인 친구'였고 후보는 나 포함 3명이었다. 순식간에 이루어진 투표에서 내가 1위로 뽑혔다. 투표에 참여했던 애들이 나를 헐뜯는 내용을 앞다투어 쏟아 냈다.

분하고 비참한 마음에 얼굴이 뜨끈해졌다. 그때 수진이가 동영상 하나를 올렸다. 동영상에는 내 얼굴이 강아지와 합성이 되어서 잔디밭에 쉬를 하는 장면이 담겨 있었다. 반 애들은 더욱더 신나서 글을 올려 댔다.

나는 핸드폰을 닫고 크게 심호흡을 했다. 그리고 위 클래스 교실로 향했다.

똑똑.

위 클래스 교실 문을 두드렸다. 안에서 들어오라는 말이 들려왔다. 나는 조심스럽게 문을 열었다. 상담 선생님이 환하게 웃으며 나를 반겼다. 나는 어정쩡하게 인사를 하고 의자에 앉았다. 상담 선생님이 내 맞은편에 앉더니 물었다.

"네가 장한철이구나?"

"네."

상담 선생님은 탁자 앞으로 두 손을 뻗고 내게 날씨 이야기부터 시작해 게임 이야기, 음식 이야기 등 사소한 질문을 던졌다. 무슨 말부터 해야 하나 걱정했던 마음이 조금 가라앉아, 나는 상담 선생님과 이런저런 이야기를 나누었다.

한참 대화를 나누다 상담 선생님이 더 하고 싶은 말이 있는지 물어봤다. 이제 내가 온 이유를 말하려고 하는데, 주머니에서 핸드폰이 울려 댔다. 보나마나 단톡일 게 뻔했다. 나는 눈을 질끈 감았다 뜨고 상담 선생님에게 핸드폰을 내밀었다.

"선생님, 이것 좀 봐 주세요."

단톡방에는 동영상에 이어 쓰레기통 옆에 쭈그리고 앉아 있는 내 모습을 합성한 사진이 올라와 있었다.

태현
가식을 떠는 쓰레기는 쓰레기통 옆이 어울리지.

 수진
ㅋㅋ 와아 인정.

 양선
내일 오면 진짜 이렇게 할까?

 소유
그래, 그러자.

 정태
ㅋㅋㅋ 재미있겠다.

 수진
그러지 말고 이거 지우는 대신 우리에게 기프티콘 쏘라고 하자.

 민식
아, 그게 더 좋겠다.

 수진
그럼 기프티콘 받을 사람 손!

상담 선생님은 여기까지 읽고 나에게로 고개를 돌렸다.

"흐음, 이런 단톡 언제부터 왔니?"

"나흘 전부터요."

선생님은 고개를 숙인 채 웅얼대는 내 어깨를 다독여 주었다.

"그랬구나. 그동안 혼자 마음고생 많았지? 누구도 함부로

149

사람을 괴롭힐 자격은 없어. 더구나 사진이나 동영상은 함부로 유포하면 안 되거든. 알지? 초상권 침해. 친구끼리 장난이라고 생각하겠지만 이건 엄연한 범죄야."

나는 대답 대신 고개만 끄덕였다.

"넌 어떻게 하고 싶니?"

"사과를 받고 싶고요. 진심으로 뉘우치는 모습을 보고 싶어요. 처벌도 꼭 받게 하고요."

상담 선생님은 고개를 끄덕이면서 내게로 더 다가왔다.

"학교에서는 아이들끼리 다툼이나 괴롭힘이 있으면 피해를 준 애들이 사과하고 다시 그런 행동을 하지 않도록 주의를 주고 있어. 선생님들이 처벌보다 화해를 먼저 권하는 이유가, 그 애들이 자기 잘못을 인정하고, 사과하고, 반성해야 나쁜 행동을 반복하지 않거든."

뻔한 이야기에 나는 다소 힘이 빠졌다. 하지만 상담 선생님의 다음 이야기는 하나도 뻔하지 않았다.

"한철아, 혹시 그동안 온 단톡들 그대로 갖고 있니?"

"아니요."

"그럼 앞으로 단톡에서 나가지 말고 그대로 있어. 그리고 악의적인 내용은 캡처해 놓도록 해. 문자든 뭐든지 간에.”

“네? 왜요?”

나는 눈을 동그랗게 뜨고 되물었다.

“증거 자료로 써야 하거든. 너를 괴롭힌 애들에게 진정한 사과를 받고, 처벌도 하려면 말이야. 직접 나서서 괴롭힌 애들은 물론 동조한 애들, 그걸 보고도 가만히 있던 애들까지 모두. 그리고 네가 여기에 온 상담 기록도 증거 자료가 돼.”

나는 너무 놀랐다. 상담 선생님 말이 증거를 모아서 반 애들을 학폭위에 넘기라는 뜻으로 들렸다.

“그리고 애들이 하는 말에 감정적으로 대응하지 말고, 흥분도 하지 마. 자꾸 맞대응하면 그 애들이 신나서 더 괴롭히거든. 그러니 힘들더라도 침착하게 대응해야 해. 하루빨리 조치를 취해서 그 애들을 멈추게 하는 게 중요하니까.”

내가 어떻게 반 애들을……. 하지만 상담 선생님 말처럼 조치를 취하지 않으면 괴롭힘은 무한히 반복되겠지.

“한철아, 괴롭힘을 당한 애들 대부분이 너처럼 내 말에 갈등을 많이 해. 왜냐하면 오랫동안 시달린 상태라 괴롭힘에서 벗어날 수 없다고 생각하고 있거든. 가해자들이 자기 인생 끝까지 쫓아올 것 같다고 말하기도 하고. 그런데 절대 그렇지 않아, 절대. 도움을 청한 순간부터 상황은 반드시 좋아지게 돼 있어. 너 자신이 너를 구하러 왔으니까. 무엇보다 넌 혼자가 아니야. 그러니 이제 우리가 할 수 있는 최선을 다하자."

길고 긴 상담 선생님의 말에는 강한 의지가 담겨 있었다. 그 모습이 나를 믿고 격려해 주는 것 같아서 심장이 귀를 울릴 정도로 힘차게 뛰기 시작했다.

"네, 최선을 다해 볼게요."

상담 선생님은 잠시 놀란 눈을 하더니 환하게 웃으며 내게 손을 내밀었다.

"그래, 그럼 한번 해 보자."

나는 상담 선생님이 내민 손을 맞잡았다. 체온이 전달될 만큼 손은 따뜻했다. 상담 선생님의 배웅을 받고 현관문을 나서는데, 놀랍게도 조회대 앞에 경미가 서 있었다.

"네가 위 클래스로 들어가기에 기다리고 있었어."

경미는 심호흡을 크게 한 번 하고 말했다.

"나도 상담받은 적 있거든."

뜻밖의 말에 나는 경미를 멀뚱히 바라보았다. 그러다 문득 그런 생각이 들었다. 상담 선생님은 분명 경미에게도 나에게 했던 말을 했을 거라고.

"그래? 그럼 같이 할래?"

"같은 반 친구들을⋯⋯?"

역시 경미는 금세 내 말의 의미를 알아챘다. 나는 경미에게 바짝 다가갔다.

"친구? 친구라고? 그 애들이? 그 애들은 같은 반인 너랑 나를 이유 없이 괴롭히고, 말도 안 되는 헛소문을 퍼뜨렸어. 절대 친구 아냐."

나는 마음을 가다듬고 다시 말했다.

"하루빨리 해야 하는 거 알잖아. 경미야, 나랑 같이 그 애들 멈추게 하자."

"우리가?"

"그래, 우리가."

"난 못 해. 미안해."

경미가 미안해하는 걸 보고 나도 모르게 울컥했다.

"네가 뭐가 미안해? 넌 억울하지도 않아?"

경미를 위로하고 싶었지만 말이 끝나기도 전에 나는 울음을 터뜨리고 말았다. 곧 경미도 울기 시작했다. 경미의 눈물이 땅바닥에 뚝뚝 떨어졌다.

"그래, 하자. 같이 할게."

울음을 참으려 하는 경미의 목소리는 거칠었다. 나는 고개를 끄덕였다. 우리는 한참을 주저앉아 울다가 일어섰다.

다음 날, 나와 경미는 상담 선생님에게 우리가 모은 증거 자료를 건넸다. 경미는 나보다 증거 자료가 많았다. 태현이와 수진이가 내뱉었던 말들을 녹음한 파일도 갖고 있었다. 상담 선생님은 그 녹취록까지 모두 교장 선생님에게 전달했다.

그렇게 며칠이 지났고, 교장 선생님은 나와 경미 그리고 태현이와 수진이 부모님을 학교로 소환했다.

"모두 힘든 상황이겠지만 부디 우리 애들을 위해 맞대응은 자제해 주시기 바랍니다. 자칫하면 태현이와 수진이의 학교생활 기록부에 학교 폭력에 대한 기록이 남게 되거든요. 설마 그걸 바라시지는 않겠지요?"

태현이와 수진이 부모님이 우리 부모님의 눈치를 보며 난처해했다.

"아, 그리고 단톡에 참여한 반 아이들 모두 불러 상담할 예정입니다. 그 애들에게도 책임이 있거든요. 방관자도 참여자도 모두 가해자입니다. 학칙에 따라 학교 폭력 예방 교육을 듣게 할 거고, 교내 봉사 활동도 하게 될 겁니다."

교장 선생님 말에 수긍하는 듯 모두 고개를 끄덕였다.

담임 선생님은 부모님들에게 안내문을 보냈다. 단톡방에 있던 아이들은 한 명씩 상담 선생님을 만났고, 우리 반 아이들 모두가 학폭 예방 교육을 들었다. 그 뒤로 며칠 동안 우리 반은 잠잠했다. 하지만 일주일이 지나고 나서 반복될 조짐이 보였다.

태현
잘난 누구누구 때문에 개고생했네. 아, 어떡하지?

수진
얘들아, 우리가 아예 전학 가게 만들자.

10분이 지나도 아무런 호응이 없자 태현이가 씩씩댔다.

태현
얘들아, 너희 뭐 하냐.

정태
너희는 한철이랑 경미한테 공개 사과까지 했잖아. 왜 또 그래?

156

수진
뭐래? 박정태, 다음은 너야.

정태
응, 반사.

나는 정태가 올린 글을 보고 깜짝 놀랐다. 한참 후, 은지가
톡을 남겼다. 기다렸다는 듯이 애들이 톡을 보내기 시작했다.

은지
학폭 예방 교육 지긋지긋해. 다시 듣고 싶지 않아.

지헌
맞아.

미연
나도.

태현
웃겨. 너희 모두 각오해.

수진이가 뜸을 들이는 사이 경미가 용기를 냈다.

경미
우리, 이런 거 캡처하라고 배웠지?

캡처할 사람 손!

157

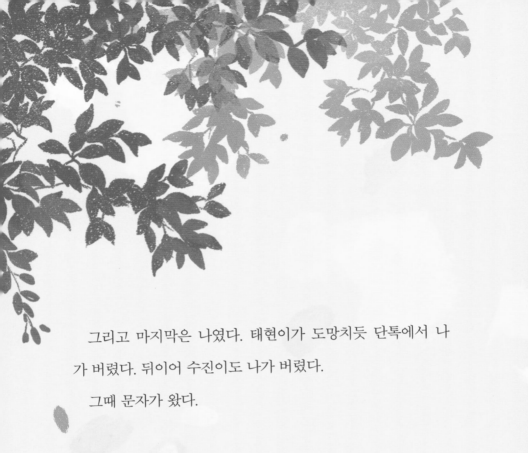

　　그리고 마지막은 나였다. 태현이가 도망치듯 단톡에서 나

가 버렸다. 뒤이어 수진이도 나가 버렸다.

　　그때 문자가 왔다.

앞으로 너의 학교생활이 반짝반짝 빛나면 좋겠어.

저장되지 않은 낯선 번호였지만 누구인지 알 수 있었다. 위
클래스 상담 선생님이었다. 나는 심호흡을 한 다음, 학교를 향
해 달리기 시작했다. 바람에서 향긋한 냄새가 났다. 그 냄새가
온몸에 스며드는 것 같았다.

어릴 적, 저는 방학이면 시골 할머니댁에서 지냈어요.

할머니댁에 도착하면 제일 먼저 하는 일이 있었는데요, 그
건 바로 산과 들로 나가는 거예요. 산에서 나는 것들과 들에서
자라는 것들을 열심히 먹고 다녔지요. 하늘에 펼쳐진 별빛을
그렁그렁한 눈으로 바라보고, 숲의 냄새와 풍경 하나하나를
눈에 담으면서요.

"와아, 옛날 사람이다."

맞아요. 저는 옛날 사람이에요. 동시에 요즘 사람이기도
해요. 여러분처럼 소셜 미디어로 소통하고, 온라인으로 편리
한 생활을 하고 있으니까요.

요즘 시골도 마찬가지예요. 도시의 친구들과 농촌의 일상

을 공유하고, 온라인 게임을 하면서 우정을 돈독히 쌓기도 하죠. 지역 문화 축제를 실시간으로 스트리밍하기도 해요.

그런데 말이에요. 만약 제 어릴 적 시골에도 인터넷이 되었다면 산이나 들로 나갔을까요? 아마 그러지 않았을 거예요. 저도 스마트폰으로 게임을 하거나 유튜브를 보았을 테지요. 산과 들의 풍경은 잠깐 눈에 담고 온라인 세상에 빠져들었을 거예요.

여러분은 디지털 시대에서 태어났어요. 자연스럽게 인터넷에서 지식이나 경험을 공유하며 새로운 기술이나 언어, 취미를 배우고 있어요. 학교에서는 디지털 기술을 올바르게 받아들이고 활용하도록 가르치고 있지요.

하지만 디지털 기술이 세상을 이롭게 만들지만은 않아요. 이야기 속 친구들이 겪는 것처럼 온라인상에서 돈을 갈취당하거나 자신의 얼굴이 노출되기도 하죠. 뜻하지 않게 도박에 빠지기도 하고요. 누군가 내 허락 없이 인터넷 기록을 본다거나, 디지털 지식이 없으면 무시를 받거나 차별을 경험하기도 해요. 그리고 사이버불링과 디지털 성범죄를 겪으며 힘들어하는 친구들도 있어요.

만약 여러분이 이 친구들과 비슷한 일을 겪고 있다면, 어떻게 해야 할까요?

우선 그런 일을 겪고 있다면 당황하지 마세요. 주변을 돌아보면 여러분을 도와줄 사람들이 아주 많거든요. 부모님이나 선생님, 또는 믿을 수 있는 어른 등에게 도움을 청하세요.

사실 저도 이 책을 쓰기 전까지 이 사실을 몰랐어요. 곁에 있는 사람들이 가장 믿을 수 있는 사람이라는 것을요. 내가 좋은 사람이 되지 않으면 절대 좋은 사람을 만날 수 없다는 것도요. 상처받은 마음을 보듬어 주고, 나쁜 길로 빠지지 않게 잡아 주는 사람 말이에요. 그리고 이렇게 말해 주는 사람이요.

"넌 혼자가 아니야. 우리 함께 최선을 다하자. 다시 너다운 모습으로 돌아갈 수 있게."

낯설고도 익숙한 디지털 세상에서 내가 누구인지, 내 가치가 무엇인지 안다면 자신만의 길을 흔들리지 않고 잘 찾아갈 수 있어요. 이 책이 그 길을 찾는 데 도움이 되길 바랄게요.

마지막으로 고마운 사람들에게 전하고 싶은 말이 있어요.

이 책을 완성하는 데 큰 도움을 준 오지숙 편집장님. 그리고 진심을 듬뿍 담아 격려해 주신 신혜연 대표님. 정말 감사드려요.

올봄, 무지개 별로 떠난
나의 고양이들에게 이 글을 바치며.
2024년 겨울
이승민

어린이 교양 매듭 1

사람 살려,
감염병 꼼짝 마!

지태선 글·그림 | 사자양 기획
초등 중·고학년 대상 | 가격 13,000원

비상! 비상! 병원체가 내 몸에 들어왔어!
바이러스인가? 세균인가? 곰팡이?

우리는 병에 왜 걸리는 걸까? 몸이 아파야만 병인 걸까?
세상에서 가장 무서운 병은 무엇일까? 등 일상에서 느끼
는 아주 사소한 질문에서 시작한 이 책은, 팬데믹을 겪은
우리들이 알아야 할 내용을 꽉꽉 담아냈어요.

★ 한국출판문화산업진흥원 우수 출판 콘텐츠 선정 도서
★ 한국어린이교육문화연구원 우수 도서 으뜸책 선정 도서
★ 학교도서관저널 어린이 자연 과학 생태 추천 도서
★ 책씨앗 초등 추천 도서

어린이 교양 매듭 2

유해 외래종도 할 말은 있다
악당이 된 녀석들

정설아 글 | 박지애 그림 | 사자양 기획
초등 전학년 대상 | 가격 13,000원

원래의 생물과 악당이 되어 버린 생물,
진짜 나쁜 건 누구일까?

래쿤, 뉴트리아, 붉은귀거북, 큰입배스 등은 이런저런 이
유로 본래의 터전에서 다른 곳으로 옮겨가 사람들과 가
까이 살기 시작한 생물들이에요. 이들은 어쩌다가 다른
생물들에게 피해를 끼치게 된 걸까요? 모두가 안전하고
평화로운 지구에서 살 수 있는 방법은 무엇일까요?

★ 한국출판문화산업진흥원 중소출판사 출판콘텐츠 창작 지원 선정 도서
★ 한국어린이교육문화연구원 우수 도서 으뜸책
★ 국립어린이청소년도서관 사서 추천 도서
★ 책씨앗 초등 추천 도서

어린이 교양 매듭 3

어린이가
꼭 알아야 할 인권

오늘 글 | 김연정 그림 | 사자양 기획
초등 전학년 대상 | 가격 14,000원

인간은 누구나 인간답게 살 권리가 있어요!
그리고 어린이 역시 인간이지요.

사람이라면 누구나 평등하게 보장받아야 하는 '인권'에
대한 관심이 높아지고 있는 지금, 특히 어린이가 인권에 대
해 이야기하는 어린이 지식 정보책입니다.
어린이들에게 인권이란 무엇인지, 자신에게 어떤 권리가
있는지, 자신의 권리를 제대로 보장받고 있는지, 권리를
보장받기 위해 무엇을 해야 하는지 알려 주며 함께 생각
하고 활동해 볼 수 있게 합니다.

★ 책씨앗 초등 추천 도서

어린이 교양 매듭 4

플라스틱 지구

지태선 글 | 임종철 그림 | 사자양 기획
초등 중·고학년 대상 | 근간 예정

우리는 플라스틱 없이는 못 살고, 지구는 플라스틱
때문에 못 산대요. 같이 살려면 어떻게 해야 할까요?

플라스틱 덕분에 우리는 편리하고 깨끗한 생활을 할 수
있어요. 하지만 지구는 플라스틱 때문에 오염되고 점점
더 망가지고 있습니다. 사람과 지구가 모두 잘 살 수 있는
방법은 없을까요?
플라스틱의 모든 것을 담은 『플라스틱 지구』는 작가가
플라스틱과 지구 환경에 대한 어려운 숙제를 함께 풀어
보기 위해 쓴 책입니다.